MAJOR LEAGUER

메이저리거

FUSION FANTASTIC STORY

강성곤 장편 소설

메이저리거 4

강성곤 장편소설

초판 1쇄 찍은 날 § 2016년 1월 4일
초판 1쇄 펴낸 날 § 2016년 1월 11일

지은이 § 강성곤
펴낸이 § 서경석

편집책임 § 김현미

펴낸곳 § 도서출판 청어람
등록번호 § 제387-1999-000006호
등록일자 § 1999. 5. 31
어람번호 § 제1-2327호

주소 § 경기도 부천시 원미구 부일로 483번길 40 서경B/D 3F (우) 14640
전화 § 032-656-4452 팩스 § 032-656-4453
http://www.chungeoram.com
E-mail § chungeorambook@daum.net

ⓒ 강성곤, 2015

ISBN 979-11-04-90584-1 04810
ISBN 979-11-04-90490-5 (세트)

MAJOR LEAGUER

메이저리거

FUSION FANTASTIC STORY

강성곤 장편 소설

4

도서출판 청어람

목차

제1장

전반기 우승의 향방

란초 쿠카몽가와의 홈 2차전.

8회부터 식스티 식서스의 구원 투수로 올라온 마틴이 아웃 카운트 하나만을 잡은 채, 세 명의 타자에게 1루타—3루타—1루타를 연속으로 얻어맞으며 2점을 내어주고 말았다.

그 결과, 3 대 0으로 우위를 다잡고 있던 식스티 석서스는 어느새 3 대 2로 턱밑까지 추격을 허용하고 있는 상황이었다.

여전히 8회 초, 1사 1루 상황.

마운드 위의 마틴은 새가슴이 도진 듯 연신 식은땀을 흘리고 있었다.

델모니코의 걱정스러운 시선을 받으며 고개를 끄덕인 마틴이 이윽고 세트 포지션으로 공을 뿌렸다.

슈욱!

타석에서 여유 있는 표정으로 배트를 흔들거리던 란초 쿠카몽가의 5번 히메네스가 벼락같이 배트를 휘둘렀다.

따악!

─2볼 1스트라이크에서 제4구! 쳤습니다! 가운데로 몰린 공을 때려냅니다. 우중간으로 향하는 라인드라이브 타구! 그사이 1루 주자는 2루를 지나 3루를 향해 달려가고 있습니다.

─강민우 선수가 빠르게 내달리기 시작합니다만, 노 바운드로 잡기엔 버거워 보이는데요.

공을 던진 마틴과 포구하지 못한 델모니코가 한마음으로 공을 쫓아 내달리는 민우를 바라봤다.

타다다닷!

새빨갛게 빛나는 화살표가 가리키는 방향으로 빠르게 스타트를 끊은 민우가 스타트와 동시에 속으로 하나의 스킬을 떠올렸다.

'대도!'

지잉!

스킬을 발동하자 순간 공간이 울리는 듯한 소리가 들려오며 몸이 가벼워지는 것이 느껴졌다.

동시에 민우가 다리 근육을 바짝 조이며 더욱 빠르게 내달리기 시작했다.

다다다다닷!

새빨갛게 빛나던 화살표가 어느새 자줏빛에서 주홍빛으로 점점 바뀌고 있었지만, 민우의 시선은 오로지 타구를 바라보고 있었다.

그리고 타구가 거의 바닥으로 내려앉았을 때 민우가 앞을 향해 힘껏 몸을 던졌다.

촤아악! 팡!

바닥을 타고 미끄러짐과 동시에 손에 느껴지는 짜릿한 감각에 포구를 확신했다.

―오 마이 갓! 몸을 날린 강민우의 글러브가 히메네스의 라인드라이브 타구를 걷어냅니다! 강민우의 슈퍼 캐치가 나왔습니다!

―그사이 2루를 지나 3루로 향하던 주자가 뒤늦게 귀루를 위해 급하게 몸을 돌립니다!

히메네스를 잡아낸 민우가 주자인 자코보의 위치를 확인하고는 몸을 일으키며 1루를 향해 여유 있게 공을 뿌렸다.

슈우웃!

자코보는 날아오는 송구를 바라보며 헛웃음을 지으며 1루를 몇 걸음 앞에 남겨두고 뜀박질을 멈추고 말았다.

팡!

"아웃!"

1루수가 여유 있게 공을 잡았고, 1루심은 가볍게 손을 들어 주먹을 쥐어 보이며 아웃임을 선언했다.

—1루 송구! 1루에서! 1루에서도 아웃됩니다. 더블 아웃입니다. 너무나도 잘 맞은 타구에 자코보 선수의 스타트도 빨랐는데요. 이건 참 아쉽겠습니다.

—다시 보시면 타구의 방향이나 각도가 너무 좋았기 때문에 자코보 선수가 빠르게 판단하고 스타트를 끊은 것 같아요. 이건 참 강민우 선수가 잘 판단하고 잘 잡아서 잘 던졌다고밖에 할 수가 없네요.

"와아아아아아!"

"믿을 수 없어!"

"저걸 잡아내다니!"

"꺄아아아악!"

"강! 강!"

순식간에 더블 아웃을 만들어내며 란초 쿠카몽가의 공격

기회를 사그라뜨리는 민우의 모습에 관중석에서 거친 함성이 쏟아져 나오며 연신 민우의 이름을 연호했다.

환호성을 들으며 더그아웃으로 향하는 민우의 입가에는 짙은 미소가 걸려 있었다.

'역시! 내 판단은 정확했어! 이 스킬은 주루 플레이에서도 중요하지만 외야에 있을 때 더욱 빛을 발한다. 위기 한 번 정도는 가뿐하게 막을 수 있어! 으하하!'

딱!
팍!
"아우웃!"

란초 쿠카몽가의 마지막 타자로 나선 이코 수미의 타구가 낮게 바운드 되며 유격수의 글러브로 빨려 들어갔고, 여유 있게 1루로 송구하며 란초 쿠카몽가의 마지막 공격이 끝이 났다.

─8번 타자 이코 수미가 유격수 땅볼로 물러납니다. 스코어 3 대 2. 인랜드 엠파이어 식스티 식서스의 승리로 경기가 마무리됩니다.

─오늘 경기로 식스티 식서스가 란초 쿠카몽가와의 3연전에서 2연승을 가져가며 위닝 시리즈를 확보하게 되었습니다.

─그뿐만이 아니죠? 리그 1위인 레이크 엘시노어 스톰과의

격차를 2.5게임차로 바짝 좁히며 전반기 우승을 향해 한 발자
국 더 다가가게 되었습니다.

   (식스티 식서스, 란초 쿠카몽가 전 스윕 달성.)
   (식스티 식서스, 하루 휴식 뒤 랭커스터와의 첫 경기에서 기분
좋은 승리 달성. 선두와는 단 1게임차로 좁혀져.)
   (인랜드 엠파이어 식스티 식서스의 4번 타자, '킹 캉' 강민우.
랭커스터와의 3차전에서 2홈런 쏘아 올리며 팀 승리 이끌어.)
   (인랜드 엠파이어 식스티 식서스, 쾌조의 연승 행진! 누구도
그들을 막을 수 없다! 선두와는 여전히 단 1게임차.)

             *   *   *

   (식스티 식서스, 란초 쿠카몽가 원정 첫 경기에서 불의의 일격.
연승 끝나. 레이크 엘시노어도 패배. 승차 변화 없어.)
   (식스티 식서스, 란초 쿠카몽가와의 2차전 승리! 레이크 엘시
노어는 불의의 패배 당해… 식스티 식서스, 드디어 공동 1위에 올
라.)

   지역 신문에서는 연일 인랜드 엠파이어 식스티 식서스의 경
기 결과와 1위인 레이크 엘시노어의 경기 결과를 언급하며 과
연 식스티 식서스가 전반기 우승을 달성할 수 있을지에 대한

지속적인 관심을 보이기 시작했다.

일부 전문가는 식스티 식서스의 돌풍의 주역으로 6월 팀에 합류함과 동시에 엄청난 성적을 기록하고 있는 강민우를 뽑았다.

절체절명의 순간마다 강민우가 공수를 아우르는 대활약을 보이며 팀을 여러 번 패배의 위기에서 구해낸 것에서 시작해, 덴커를 밀어내고 4번 타자를 맡으며 팀의 중심타선에 무게감을 더하는 모습을 보였기 때문이다.

처음 민우가 4번 타자를 맡았을 때에는 그 중압감을 이기지 못하고 성적이 떨어지리라 예상한 이들도 더러 있었다.

하지만 이후에도 멈추지 않는 폭주 기관차와 같은 민우의 활약에 팬들의 신뢰는 점점 두터워졌다.

그런 팬들의 뇌리에는 어느덧 전반기 우승이라는 멋진 그림이 그려지고 있었다.

펍에 모여 맥주를 한 잔씩 걸치며 수다를 떠는 이들의 화두 역시 단연 민우의 활약과 식스티 식서스의 리그 우승에 대한 것이었다.

"강이 우리 팀에 온 건 정말 행운이야."

"나는 조금 아쉬워. 만약 그가 처음부터 식스티 식서스의 선수였다면 진즉에 전반기 우승은 확정이었을 거야."

"거기에 올스타 게임에도 출전하면서 우리 팀의 이름을 알렸겠지."

"너무 욕심 부리지는 마. 이제라도 강이 들어왔으니 다행이지. 덕분에 오늘도 승리했잖아! 그가 없었다면 3위 자리도 버거웠을지 모른다고."

"지금 레이크 엘시노어랑 몇 경기 차지?"

"어디보자. 우리 팀이 2차전에서 승리하면서 40승 30패고, 좀 전에 레이크 엘시노어가 졌다는 소식이 들어왔으니까… 40승 30패야. 공동 1위라고!"

"오! 신이시여. 내일 경기에서 우리가 우승을 차지할 수 있는 건가요."

"이기는 것도 문제지만, 레이크 엘시노어가 패배를 해야 한다는 전제 조건이 달린다는 게 문제지."

"란초 쿠카몽가한테 한 대 얻어맞은 게 정말 아쉽네."

"내일이 정말 기다려지는걸!"

팬들의 마음에 하나둘 우승을 향한 열망이 솟아나기 시작했고, 모두가 한마음으로 내일 치러질 시즌 마지막 경기의 승리를 빌고 또 빌었다.

*　　　*　　　*

란초 쿠카몽가 퀘이크스의 홈구장, 에픽센터(The Epicenter)의 원정 팀 라커룸에서 열정이 가득 담긴 외침이 들려왔다.

"자자! 마지막 경기다! 전반기 우승이 코앞이다! 오늘 경기에서 승리해야 우리가 전반기 우승을 차지할 기회를 잡는 것이다! 다들 젖 먹던 힘까지 뽑아서 란초 쿠카몽가 녀석들을 뭉개주러 가자!"

식스티 식서스의 주장, 해치의 외침에 모든 선수들이 눈을 빛내며 손을 위로 뻗쳤다.

"오우오우!"

"가자고!!"

"우승은 우리 식스티 식서스의 것이다!"

"란초 쿠카몽가 녀석들한테 발목 잡히지 말자!"

"다 죽었어!"

"으하하하!"

그리고 그 사이에 민우 역시 결의에 찬 표정으로 손을 들어 보이며 호응을 하고 있었다.

'왜 다들 전반기 우승에 목숨을 거는지 몰랐지만, 이제는 잘 아니까.'

선수들이 전반기 우승을 갈망하는 이유를 몰랐던 민우는 블랙웰을 통해서 한국과는 다른 마이너리그의 플레이오프에 대한 이야기를 들을 수 있었다.

하이 싱글A를 기준으로 보면 시즌을 전반기와 후반기를 나누어 순위를 책정한다. 그리고 그사이에 리그대항 올스타 게임—식스티 식서스의 소속 리그인 캘리포니아 리그는 캐롤라이나 리그와 올스타 게임을 치르게 된다—이 치러진다.

그리고 정규 시즌이 끝난 후, 미니 시리즈, 디비전 파이널, 리그 챔피언십 시리즈 순으로 진행이 된다.

먼저, 미니 시리즈는 후반기 우승 팀과 와일드 카드 팀이 3전 2선승제로 진행하게 된다. 여기서 우승을 한 팀이 바로 디비전 파이널에서 전반기 우승 팀과 5전 3선승제로 겨루게 된다.

그리고 디비전 파이널의 우승 팀이 남부 리그 대표가 되어 최종적으로 리그 챔피언십 시리즈를 치르게 되는 것이다.

이런 규정으로 인해 전반기 우승 팀은 미니 시리즈를 건너 뛰고 충분한 휴식을 취한 뒤, 최고의 컨디션으로 디비전 파이널에 임할 수 있게 된다.

선수들이 전반기 우승을 원하는 이유가 바로 여기에 있다고 보면 되는 것이다.

란초 쿠카몽가의 홈구장인 에픽 센터는 얼핏 보면 좌우대칭을 이룬 일반적인 구장처럼 보이지만 사실 좌측에 비해 우측 펜스가 짧은 비대칭형 구장이었다.

조금 더 들여다보면 우중간 펜스는 320피트(97m), 우측 펜스는 297피트(90m)에 불과한데도 레이크 엘시노어 다이아몬드의 광고판 같은 설치물이 존재하지 않아 좌타자가 당겨 쳐 홈런을 만들기에 유리한 구장이었다.

거기에 가장 깊은 곳이 373피트(113m)에 불과하기에 타 구장에 비해 타자 친화적인 구장이라고 할 수 있었다.

민우 역시 에픽센터에서 치러진 란초 쿠카몽가와의 원정 1차 전에서 우측 담장을 수월하게 넘기며 시즌 홈런 개수를 8개로 늘렸고, 펜스 상단을 맞추는 타구도 2번이나 나올 정도였다.

경기장에 들어선 민우는 가장 먼저 바람의 상태를 체크했다.

레이크 엘시노어 전에서 바람의 영향에 대해 처음 깨달은 뒤로, 매일같이 경기에 임하기 전 바람의 방향, 세기에 대해 체크하고 있는 민우였다.

'오늘은 선선하네. 바람의 영향을 받는 일은 거의 없을 거야.'

"민우, 뭐해? 바람이 어디로 부는지 살피는 거야?"

갤러거가 신기한 구경을 한다는 표정으로 민우의 옆으로 다가오며 말을 걸었다.

"응. 말했잖아. 바람에 따라서 아웃이 될 타구가 안타가 될 수도 있고 반대로 안타가 될 거라 생각한 타구가 아웃이 될 수도 있잖아. 노림수를 둬야 더 좋은 결과가 있지 않겠어? 미리미리 준비해야지."

민우의 설명에도 갤러거가 대단하다는 듯한 표정을 지었다.

"어휴. 나는 그렇게까지는 못하겠다. 날아오는 공 구분하는 것도 바쁜데. 바람까지 신경 쓰면서 어디로 보낼지 조절할 능력도 없고."

고개를 절레절레 흔들며 말을 끝낸 갤러거가 손을 흔들며 민우의 곁에서 멀어져 갔다.

'특히 수비할 때에 더 중요하기도 하고……. 뭐, 갤러거는 지명타자라 이건 상관없겠지만.'

잠시 갤러거를 바라보던 민우가 하늘을 올려다봤다.

'이 동네는 비가 한 번도 안 내리네. 신기하단 말이야.'

하늘엔 구름 한 점 보이지 않아 마치 새파란 도화지 같았다.

'낮 경기를 했다면… 아마 누구 하난 쓰러졌을지도…….'

지금은 해가 뉘엿뉘엿 넘어가고 있었기에 그럴 걱정은 없었다.

관중석엔 일찍부터 꽤 많은 사람들이 맥주를 들거나, 혹은 핫도그를 들거나 하면서 한자리씩 차지하고 앉아서는 경기가 빨리 시작되길 바라고 있는 듯 보였다.

"강! 강이다!"

"강민우다!"

"여기 좀 봐줘~"

"응?"

민우는 관중석 한쪽에서 자신을 부르는 소리에 영어와 한국어가 섞여 있자 자신도 모르게 고개를 돌려 소리의 진원지를 찾았다.

"여기에요!"

민우의 시선이 닿은 곳엔 식스티 식서스의 팬들이 관중석 한 곳에 뭉쳐 있었는데, 그들의 손에 들린 스케치북에 조악한 모양으로 '킹 캉(King Kang)'이라든가 '사인해 주세요' 등의 글자들이 한국어로 쓰여 있었다.

'허······.'

지금껏 많은 이가 자신의 이름을 연호하고, 응원을 날렸지만 직접 사인을 해달라고 찾아오기 시작한 것은 몇 경기 되지 않았었다.

그런데 오늘은 그 수가 달랐다.

'엄청 많이 왔네. 전반기 우승이 달린 경기라서 그런가?'

란초 쿠카몽가와의 원정 경기임에도 더그아웃 주변과 경기장 이곳저곳에 식스티 식서스의 팬들이 한가득 몰려 있었다.

민우가 더그아웃에서 빠져나와 펜스가 낮은 쪽으로 가자 팬들이 우르르 따라오기 시작했다.

"강민우 선수! 항상 응원하고 있어요!"

"강 덕분에 우리 팀이 우승까지 넘보게 됐어요."

"오늘도 큰 거 한 방 날려줘요."

민우는 그들의 응원에 보답하듯 열심히 싸인을 해주기 시작했다.

그리고 그들이 하나둘 인사를 하며 자신의 자리로 돌아갈 즈음.

검은 단발 머리에 라인이 드러나는 스키니진을 입은 여성이 민우에게 다가왔다.

"사진 한 장 찍어도 될까요?"

유창한 한국어로 묻는 여성은 왠지 반가우면서도 뿌듯함
이 느껴지는 눈빛과 미소를 보내고 있었다.

그 모습에 민우가 잠시 고개를 갸웃거렸다.

"예, 물론입니다."

민우가 흔쾌히 승낙하자 여성이 재빠르게 주머니에서 휴대
폰을 꺼내 들었다.

'요즘 휴대폰은 저렇게 생겼구나.'

기다란 직사각형에 화면이 큰 휴대폰을 바라보며 민우가 미
소를 지어 보였다.

찰칵!

"응원해 주셔서 감사합니다. 그럼 경기 관람 잘 하세요."

"강민우 씨, 잠시만요."

더그아웃으로 복귀하기 위해 돌아서던 민우를 여성이 붙잡
았다.

"사실 전 한국에서 온 이아름 기자라고 합니다. 경기 후에
잠깐 인터뷰 가능할까요?"

"기자… 요?"

'날 인터뷰하겠다고?'

인터뷰라는 말에 민우의 눈이 동그래졌다.

지역지에서 인터뷰를 하겠다고 찾아온 적이 있긴 했지만

한국에서 기자가 찾아오리라고는 생각조차 하지 못했기 때문이다.

"일단 경기가 끝난 뒤에 말씀을 드리겠습니다. 오늘은 아주 중요한 경기라서요."

"예. 전반기 우승이 달린 중요한 경기죠? 관중석에서 열심히 응원하면서 좋은 소식 기다릴게요."

민우가 확답을 미뤘지만 아름은 개의치 않는다는 듯 방긋 웃어 보이며 '화이팅'을 외치고는 자신의 자리로 돌아갔다.

'내가 한국에서 유명해지기라도 한 건가?'

잠시 의문을 품던 민우가 고개를 저으며 빠르게 더그아웃으로 돌아갔다.

─인랜드 엠파이어 식스티 식서스와 란초 쿠카몽가 퀘이크스의 전반기 마지막 경기를 보내드리겠습니다. 안녕하십니까.

─안녕하십니까.

─식스티 식서스의 돌풍이 정말 무섭습니다. 5월까지 리그 4위에 머무르던 식스티 식서스가 어느덧 레이크 엘시노어의 1위 자리를 탈환하기 직전이지요?

─예, 그렇습니다. 레이크 엘시노어로서는 식스티 식서스와의 전반기 마지막 4연전에서 무려 3경기를 내어주며 불안한 조짐을 보였거든요. 이 3경기에서의 패배가 바로 전날, 식스티 식서스에게 공동 1위를 내어주는 결과까지 이어지고 말았습

니다.

—결국 두 팀 간에는 오늘 경기가 전반기 우승의 분수령이 된다고 할 수 있는 거군요.

—맞습니다. 거기에 식스티 식서스에 비해 레이크 엘시노어는 시즌 내내 1위 자리를 유지하다가 6월 들어서 기세가 한풀 꺾였거든요. 아마 레이크 엘시노어는 마지막 경기에 대한 부담이 상당하기 때문에 예상치 못한 실책이 나올 수도…….

국가 제창이 끝나자 관중석에서 열띤 환호성이 쏟아져 나왔다.

"와아아아!"

"고! 고! 식스티 식서스!"

"전반기 우승이 코앞이다!"

"달려라! 킹 캉!"

원정 응원을 온 팬들의 열정적인 응원 소리가 민우의 가슴을 두근거리게 하기 시작했다.

선수들이 원을 그리며 서로 어깨동무를 하자 주장인 해치가 다시 한 번 다짐을 다졌다.

"좋아! 우승을 향해 가자!"

"가자가자!"

"달려보자고!"

"식스티! 식서스! 오우!"

마지막으로 모두가 함께 외치며 기합을 넣고는 1번 타자 부스와 2번 타자인 구티에레즈를 제외하고 모두 더그아웃으로 들어가 진지한 표정으로 그라운드를 바라보기 시작했다.

오늘 란초 쿠카몽가의 선발투수로 등판한 선수는 우완 정통파 투수인 맷 슈메이커였다.

슈메이커는 94마일(151㎞)의 빠른 패스트볼에 85마일(136㎞)대의 체인지업, 83마일(133㎞)대의 슬라이더를 섞어 던지는 투수였다.

하지만 9이닝당 삼진 개수가 8개인데 반해 9이닝당 볼넷 허용률이 4개에 이를 정도로 들쑥날쑥한 제구력을 보이고 있는 투수였다.

결과적으로 이닝당 출루 허용률이 1.49에 이르며 위기관리 능력이 부족함을 드러내고 있었고, 이 때문에 많은 이닝을 소화하지 못하는 문제점까지 보이고 있었다.

4점대 후반에 달하는 슈메이커의 높은 방어율에 식스티 식서스의 팬들은 오늘 경기를 무난히 리드하리라고 예상하고 있는 상태였다.

마운드 위에 서 있는 슈메이커는 구레나룻부터 턱까지 이어지는 수염을 멋들어지게 길러 산적 같은 이미지를 풍기고 있었다.

더그아웃에서 슈메이커의 연습 투구를 바라보고 있던 민우가 슈메이커의 투구 동작을 뚫어져라 쳐다보았다.

'투구 동작에 변칙적인 동작도 없고, 투구 속도가 그리 빠른 편도 아니야. 세트 포지션에서 뿌리는 속도도 봐야 알겠지만 만약 출루하게 되면 도루 개수를 쌓기에 그리 어렵지 않겠어.'

민우가 슈메이커의 연습 투구를 보며 생각을 정리하는 사이 식스티 식서스의 1번 타자, 부스가 타석에 들어서고 있었다.

"플레이볼!"

주심의 시작 선언과 함께 식스티 식서스의 우승이 달린 전반기 마지막 경기가 시작되었다.

포수와 빠르게 사인을 교환한 슈메이커가 와인드업 동작을 취한 뒤, 빠르게 공을 뿌리기 시작했다.

슈웅!

팡!

"스트라이크!"

초구는 93마일의 패스트볼.

슈웅!

팡!

"볼!"

2구는 밑으로 빠지는 83마일의 체인지업.

슈웅!

부웅!

팡!

"스트라이크!"

3구는 거의 한가운데로 들어오는 94마일짜리 패스트볼이었다.

하지만 부스의 배트는 무기력하게 허공을 가르며 스트라이크를 내어주고 말았다.

슈욱!

틱!

"파울!"

4구는 스트라이크존으로 낮게 깔려오는 패스트볼이었는데 부스의 배트는 겨우 공을 건드리는 수준이었다.

그런 부스의 모습을 바라보던 해치가 심각한 표정을 지어 보였다.

"흠. 오늘 부스가 컨디션이 그다지 안 좋아 보이는데? 타이밍이나 배트 스피드나 맞는 게 없어."

해치의 걱정스런 말투에 민우가 고개를 끄덕이며 화답했다.

"그러게. 구속이 빠르긴 하지만 배트가 못 따라갈 정도는 아닌데, 패스트볼에 반응이 조금씩 늦어."

민우와 나란히 안전 바에 기대 그 모습을 바라보고 있던 가르시아가 능청스럽게 웃어 보였다.

"푸핫. 부스 발레한다, 발레."

그런 가르시아의 천진난만한 모습이 우스운 듯 실베리오가 피식 웃으며 그 머리를 쓰다듬었다.

"뭐, 아직 1회잖아. 컨디션이 조금 안 좋아도 다음 타석쯤 되면 폼이 살아날지도 모르니까 걱정보단 응원하면서 지켜보자고."

"그건 그렇긴 하지. 뭐, 판단은 우리가 아니라 브렌트 코치님이 하는 거니까."

민우가 고개를 끄덕이며 대답하는 것을 마지막으로 선수들이 다시 입을 다물고 그라운드 위에서 벌어지는 대결에 집중하기 시작했다.

따악!

팍!

"아우웃!"

선수들의 걱정에 보란 듯이 벼락같은 스윙을 보인 부스였지만 그 타구의 방향이 너무 좋지 않았다.

라인드라이브의 궤적으로 쏜살같이 뻗어나가던 타구는 풀쩍 뛰어오른 2루수의 글러브에 막혀 내야를 벗어나지 못하고 말았다.

"와아… 아~"

"아! 잘 때렸는데……."

"저걸 잡냐!"

부스의 배트에서 터져 나온 깔끔한 타격음에 환호를 지르던 식스티 식서스의 팬들은 2루수의 글러브로 쏙 하고 빨려 들어가는 타구에 격한 안타까움을 드러냈다.

이후 2번 구티에레즈가 2루수 앞 땅볼로, 3번 레이븐이 중견수 플라이로 물러나며 1회 공격은 허무하게 끝이 나고 말았다.

1회 말, 식스티 식서스의 선발로 나선 밀러는 란초 쿠카몽가의 테이블 세터를 연속 삼진으로 잡아내며 초반부터 기세를 보이는 듯했다.

하지만 3번 아마리스타와 4번 자코보에게 연속 안타를 맞으며 2사 주자 1, 2루의 위기를 맞았다.

두 개의 안타가 모두 텍사스 안타였기에 밀러의 심기가 살짝 불편해 보였다.

중견수 수비 위치에서 밀러를 바라보던 민우의 미간이 살짝 찌푸려졌다.

'시작이 조금 불안한데. 밀러의 구위에는 문제가 없어 보이는데 란초 쿠카몽가 녀석들이 큰 스윙보다 맞추는 스윙으로 때려내고 있어서 그런 것 같아.'

민우는 상대 타자들의 타격 스타일을 분석하며 조금 전의 안타 상황을 천천히 복기했다.

'분명 '대도' 스킬을 쓰면 하나 정도는 잡을 수 있었겠지만, 섣불리 썼다간 진짜 위기를 맞았을 때 필히 후회했을 거야.'

따악!

밀러와 풀카운트까지 가는 승부 끝에 5번 히메네스의 배트가 벼락같이 돌아가며 호쾌한 타격음이 울려 퍼졌다.

'온다!'

화살표가 방향을 가리킴과 동시에 민우가 빠르게 스타트를 끊었다.

타타탓!

빠르게 발을 놀리며 어느새 펜스에 도달한 민우는 여유 있게 자리를 잡으며 타구를 눈으로 쫓았다.

이윽고 하강을 하던 히메네스의 타구는 펜스를 넘지 못한 채 워닝 트랙에서 대기하던 민우의 글러브로 가볍게 빨려 들어갔다.

퍽!

민우가 타구를 쫓는 모습을 바라보던 밀러가 그제야 미소를 보이며 민우에게 박수를 보냈다.

'이미 지나간 일에 너무 깊게 생각하지 말고 경기에 집중하자.'

더그아웃으로 향하던 민우가 생각을 모두 정리하며 고개를 끄덕였다.

2회 초, 식스티 식서스의 4번 타자이자 선두 타자로 나선 민우가 배터 박스로 향했다.

'일단은 타이밍을 잡아볼까.'

배트를 크게 한 번 휘두른 민우가 배터 박스 가장 앞쪽에 자리를 잡았다.

오늘 경기에서 란초 쿠카몽가의 포수로 나선 이는 일본인 선수인 이코 수미였다.

그는 상대 타자의 타격 스타일이나 성향에 대한 분석 이전에 자신의 감각과 판단을 더욱 중시하는 꽤나 독특한 유형의 포수였다.

그리고 이코 수미의 감각은 민우의 타격 자세에서 느껴지는 여유와 자신감을 위험신호로 판단하고 있었다.

'불안해. 이 녀석, 뭔가 느낌이 안 좋아.'

이윽고 자신의 감을 믿기로 판단한 포수가 손가락을 열심히 놀리며 슈메이커에게 빠르게 사인을 전달했다.

'초구는 스트라이크존에서 빠져나가는 슬라이더로 하자.'

슈메이커 역시 최근 민우의 활약을 익히 들어 알고 있었기에 포수의 볼 배합에 토를 달지 않았다.

이윽고 사인 교환을 마친 슈메이커가 공을 뿌리기 시작했다.

슈우욱!

슈메이커의 손을 떠난 공이 스트라이크존의 바깥쪽을 향

해 휘어져 날아오며 빠르게 떨어져 내리기 시작했다.

팡!

"볼!"

스트라이크존에서 공 1개 정도 빠진 곳으로 들어오는 슬라이더에 민우가 고개를 끄덕거렸다.

'궤적은 그리 나쁘지 않은데. 상대도 일단은 탐색이라 이거군.'

슈욱!

팡!

"볼!"

2구는 민우에게서 가장 먼 쪽으로 들어오는 패스트볼이었다.

슈욱!

팡!

"볼!"

3구 역시 패스트볼이었는데 몸 쪽 스트라이크존에서 아슬아슬하게 빠진 공이었다.

유혹적인 궤적으로 들어오는 공에 순간적으로 몸을 움찔거린 민우는 주심의 손이 올라가지 않자 속으로 안도의 한숨을 살며시 내쉬었다.

'후~ 이번 공은 좋았어. 하마터면 허무하게 카운트를 내줄 뻔했다.'

민우는 다음 상황에 대해 생각하기 위해 배터 박스에서 한 발 물러나 장갑을 매만지기 시작했다.

3볼 노 스트라이크.

'여기서 볼 하나를 더 얻어서 걸어 나가는 것도 좋겠지만… 투수는 볼을 내어주려고 하지 않겠지.'

민우의 머리가 빠르게 돌아가기 시작했다.

3볼 노 스트라이크 상황에서 공 하나를 더 흘려보낼지, 배트를 휘둘러야 할지에 대한 고민은 야구에서 영원히 풀리지 않을 숙제였다.

혹자는 3볼에서는 무조건 기다리는 것이 투수를 압박해 더 좋은 상황을 만들 수 있다고 하며, 혹자는 스트라이크존에 들어오는 공을 무조건 흘려보내는 것처럼 멍청한 짓은 없다고 한다.

민우는 얼마 전까지만 해도 3볼 노 스트라이크 상황이라면 당연히 투수가 스트라이크를 잡으러 들어오리라 판단했었다.

그 결과 크게 빠지는 공이 아니라면 공격적인 타격에 임했었고 대체로 좋은 결과를 가져왔었다.

하지만 3볼 노 스트라이크 상황에서 처음으로 아웃을 당하는 경험을 한 뒤에야 자신의 생각에 오류가 있었다는 것을 깨달을 수 있었다.

'머리싸움을 하는 투수는 3볼에서 무조건 스트라이크를 던지지 않는다는 걸. 자신의 제구력, 타자의 눈빛, 자세, 성향, 컨

디션, 그 타석에서의 느낌, 심지어 다음 타자가 누구냐에 따라 판단을 내린다는 걸 깨달았지.'

만약 이 사실을 일찍이 알았더라면 아웃을 당했던 그 타석에서도 어쩌면 출루를 할 수 있지 않았을까하는 생각이 가끔씩 떠오르기도 했다.

민우의 뇌리에 앞서 흘려보낸 세 개의 공의 궤적이 떠올랐다 사라졌다.

'슈메이커의 공은 모두 스트라이크존을 빠져나갔다. 하지만 크게 벗어난 공은 없었어. 원하는 대로 제구가 된다는 말이겠지.'

이런저런 생각을 하다 보니 생각보다 시간이 많이 흐른 듯, 심판이 눈빛으로 어서 자리를 잡으라는 신호를 보내왔다.

'심판에게 밉보여서 좋을 건 하나도 없지.'

빠르게 장갑을 다시 강하게 조인 민우가 숨을 크게 내뱉으며 배터 박스로 들어서 자리를 잡았다.

마지막으로 배트 끝으로 홈 플레이트의 맞은편 끝부분을 툭 하고 친 민우가 배트를 한 번 돌리고는 천천히 타격 자세를 취했다.

'제구가 제대로 되지 않는다면야 한 번 흘려보내겠지만… 지금은 타격을 하는 게 낫다. 스트라이크존을 최대한 좁혀서 보자고.'

민우는 가상의 스트라이크존의 외곽에서 공 한 개만큼의

공간을 제외시켰다.

그사이 이코 수미의 머리도 빠르게 돌아가기 시작했다.

'이 녀석을 볼넷으로 출루시키는 건 너무 위험해. 해치도 만만찮은 녀석이니까. 애매한 판정이 나오지 않게 확실하게 스트라이크에 꽂는 게 좋겠어.'

결정을 내린 이코 수미가 가랑이 사이에 손을 넣고 빠르게 움직이기 시작했다.

사인을 받은 슈메이커의 동공이 잠시 흔들렸지만, 이내 고개를 끄덕여 보였다.

이윽고 와인드업 자세를 취한 슈메이커가 빠르게 공을 뿌렸다.

슈우욱!

슈메이커가 선택한 구종은 패스트볼이었다.

일직선으로 날아오는 공의 궤적과 민우가 좁혀 놓은 가상의 스트라이크존이 겹치는 부분.

'친다!'

민우의 판단과 행동이 동시에 이루어졌다.

스트라이드를 짧게 내디딤과 동시에 회전을 시작한 허리를 따라 배트가 벼락같이 돌아갔다.

따아악!

아주 정갈한 타격음과 함께 민우가 때려낸 타구가 끝없이 솟아오르기 시작했다.

―3볼! 쳤습니다! 오른쪽으로 높게 떠서 날아갑니다! 쭉쭉 뻗어가는 타구! 이 타구는!!

민우는 손을 타고 올라오는 미미한 감각을 확인한 뒤, 입꼬리를 올리며 배트를 놓았다.

그리고 먼 곳으로 날아가고 있는 타구에 시선을 고정한 채 천천히 1루 베이스를 향해 달리기 시작했다.

하늘을 뚫을 기세로 날아가던 타구는 펜스를 넘어서도 더 날아간 뒤에야 다시 지상에 도달했다.

팅!

―펜스의 존재를 무의미하게 만드는 엄청난 타구가 나옵니다! 강민우의 솔로 홈런! 이 홈런으로 식스티 식서스가 한 발 앞서 나갑니다.

―와~ 이거는 정말 아무도 생각지 못한 타격이네요. 3볼 노 스트라이크 상황에서 저런 풀스윙을 보일 수 있는 타자가 몇 명이나 될까요?

―일반적인 타자들이라면 한번쯤은 보고 지나갔을 법한 상황에서 강민우 선수의 선택은 정반대였습니다.

―발상의 전환에 슈메이커 선수가 불의의 일격을 당했다고 봐야겠네요. 강민우 선수의 홈런으로 스코어 0 대 1. 식스티

식서스가 먼저 리드를 잡게 됩니다.

"와아아아아!"

"민우! 민우!"

"강은 식스티 식서스의 영웅이야!"

"킹 캉! 킹 캉!"

"이대로 우승까지 가자!"

관중석에서 스마트폰을 든 채 민우의 타격을 촬영하던 아름은 민우의 멋진 홈런에 연신 민우의 이름을 연호하는 수많은 관중의 모습에서 묘하게 벅차오르는 감정을 느끼고 있었다.

'강민우 선수. 한국에서의 아픔은 당신이 한 걸음 더 성장하는 밑거름이 되었군요.'

민우의 방출 사실을 알았을 때만 해도 마음 한구석이 뻥 뚫린 것마냥 상실감을 느꼈었던 아름이었다.

그런데 뒤늦게 민우가 미국으로 진출했다는 소식을 듣고는 만감이 교차하는 기분을 느꼈었다.

그날로 아름은 마이너리그에서 전해지는 민우의 소식을 하나씩 하나씩 수집하기 시작했다.

그 뒤, 하이 싱글A에서 맹활약을 거듭하고 있다는 소식을 정리해 취재 기획서를 올렸고, 결재를 거쳐 이렇게 미국으로 오게 된 것이었다.

그리고 지금은 잠시 본분을 잊고 식스티 식서스의 승리를 조용히 응원하고 있었다.

홈 플레이트를 밟으며 베이스 러닝을 마친 민우가 더그아웃으로 향했다.

더그아웃의 입구에는 브렌트와 채프먼이 나란히 서서 민우를 바라보고 있었다.

브렌트가 환한 표정을 지으며 자신을 바라보고 있는 모습에 미소를 지은 민우는 채프먼의 이해할 수 없다는 표정을 보고는 머릿속에 문뜩 이아름 기자와 인터뷰를 할 내용을 떠올렸다.

'확 채프먼을 인종 차별로 꼰질러 버릴까? 그럼 아주 난리가 날 텐데.'

잠시 마음속으로 일이 터졌을 때의 모습을 상상하던 민우가 고개를 저었다.

'이제 전반기 우승이 코앞인데, 괜히 찬물을 끼얹을 필요는 없겠지. 요새는 무시하면 무시했지 딱히 차별하는 행동을 보이는 것도 아니고.'

생각을 마친 민우가 브렌트와 하이파이브를 나눈 뒤 더그아웃으로 들어서자 선수들이 기다렸다는 듯 우르르 몰려들어 가슴을 두드리는 세레머니를 해 보이며 민우의 홈런을 축하했다.

민우의 홈런으로 기세를 가져온 식스티 식서스였지만 이후 5번 해치를 시작으로 7번 갤러거까지 우익수 플라이—중견수 플라이—삼진을 당해 3아웃을 채우며 그 기세를 이어가지 못했다.

*　　　*　　　*

민우의 솔로 홈런 이후 양 팀 모두 별다른 소득 없이 공수를 주고받으며 아슬아슬한 줄타기를 이어갔다.

그리고 3회 말, 타순이 한 바퀴 돈 란초 쿠카몽가는 1번 타자 페레즈가 타석에 들어서고 있었다.

페레즈는 살아나가겠다는 의지를 표명하듯 배터 박스에서 극단적인 오픈 스탠스에 배트를 짧게 잡으며 장타보다는 컨택에 더 치중하는 모습을 보이고 있었다.

홈 플레이트 뒤편에 자리를 잡고 그 모습을 바라보고 있던 델모니코가 옅은 한숨을 내뱉었다.

'이것들이 뭘 잘못 먹었나. 응? 진짜 오늘따라 왜 이런데. 1회에도 필사적으로 휘두르더니… 레이크 엘시노어한테 사주라도 받았나? 아님 우리한테 원수라도 졌어?'

6월 들어서 치룬 5경기에서 4승 1패를 기록하긴 했지만 그것 때문에 이런 모습을 보이리라고는 생각되지 않았다.

거기다가 전반기 경기는 오늘 경기가 마지막이었고, 이미 순위결정전은 식스티 식서스와 레이크 엘시노어에게로 넘어온 상태였다.

심지어 란초 쿠카몽가는 와일드 카드와도 거리가 먼 성적을 기록하고 있었다.

이런 경우 보통은 컨디션 유지 차원 정도로 주전을 출전시키고, 경기 후반에는 백업 요원들을 출전시켜 경기 감각을 다지는 것이 보통이었다.

그런데 오늘은 1회부터 작정하고 휘두르는 란초 쿠카몽가 타자들의 기세에 기가 질리고 만 델모니코였다.

'뭐, 설마 우리 때문에 와일드 카드에서 멀어졌다고 생각하고 있는 건 아니겠지?'

고개를 절레절레 저은 델모니코가 가랑이 사이로 손을 넣고 빠르게 움직이기 시작했다.

'이 녀석들, 작정하고 달려들고 있으니까 일단 바깥쪽으로 살살 빼보자고. 바깥쪽 낮은 코스로 패스트볼.'

마운드 위의 밀러가 천천히 고개를 끄덕인 뒤, 와인드업 자세로 빠르게 공을 뿌렸다.

슈우욱!

밀러의 손을 떠난 공은 스트라이크존의 가장 구석을 향해 날아가고 있었다.

그 궤적에 델모니코가 만족스러운 표정으로 미트를 내밀어 공을 잡으려는 순간.

딱!

페레즈의 허리가 굽혀지며 따라 나온 배트가 빠른 공을 툭 하고 건드렸다.

그리고 마치 의도한 것처럼 1루수의 키를 살짝 넘긴 타구가 외야를 향해 천천히 굴러갔다.

그 사이 여유 있는 뜀박질로 1루에 도달한 페레즈는 만족스러운 미소를 지으며 1루 코치와 이야기를 나누고 있었다.

구석을 찌르는 완벽한 공이었음에도 출루를 허용하자 밀러의 얼굴에 껄끄러운 기색이 피어오르고 있었다.

그 모습을 발견한 델모니코가 애써 큰 소리를 내며 밀러의 힘을 돋웠다.

"밀러! 좋은 공이었어! 운이 나쁜 거니까 신경 쓰지 말고 지금처럼 가자고!"

델모니코의 힘찬 목소리에 밀러가 그 마음을 느끼고는 가볍게 미소를 보였다.

하지만 밀러의 불운은 거기서 끝이 아니었다.

슈우욱!

따악!

2번 타자 아우어가 바깥쪽 스트라이크존으로 잘 집어넣은 커브볼을 기다렸다는 듯이 때려내며 우익선상 2루타를 만들어낸 것이다.

노아웃에 주자는 2, 3루 상황.

연속 안타를 맞은 밀러의 얼굴에 다시금 불편한 기색이 스멀스멀 자라나고 있었다.

―밀러가 이닝이 시작하자마자 두 타자에게 연속 안타를 허용하고 마는군요. 오늘 구위는 평소와 그리 다르지 않은 것 같은데… 란초 쿠카몽가의 타자들이 대비를 단단히 하고 나온 것 같습니다.

―첫 번째 안타가 어려운 공을 기술적으로 만들어낸 안타라고 한다면, 아우어의 2루타는 기다리고 있던 공이 날아왔다고 해야겠네요. 제대로 받쳐 놓고 편하게 때려냈거든요.

―밀러가 1회에 이어서 3회에도 위기를 맞습니다. 타석에 들어서는 3번 아마리스타.

란초 쿠카몽가의 3번 타자 아마리스타가 여유가 넘치는 표정으로 배터 박스를 발로 벅벅 긁으며 자리를 잡았다.

1회에도 밀러를 상대로 안타를 때려냈던 아마리스타이기에 델모니코는 더욱 신중한 볼 배합을 가져가려 했다.

'1회 안타를 때려낸 공은 패스트볼이었으니까……'

델모니코의 사인에 고개를 끄덕인 밀러가 빠르게 공을 뿌리기 시작했다.

슈욱!

팡!

"스트라이크!"

슈욱!

팡!

"볼!"

볼카운트는 빠르게 올라가 2볼 2스트라이크가 되었다.

아마리스타는 공 4개를 지켜볼 동안 단 한 번도 배트를 내밀지 않고 있었다.

'이번 타석에서 녀석에게 던지지 않은 공은 커브 뿐……. 그렇다면 커브를 노리고 있는 건가?'

머리를 굴리던 델모니코가 이윽고 사인을 보냈다.

'빠른 공으로 윽박질러 버리자. 몸 쪽 낮은 코스로 들어가는 패스트볼로!'

델모니코의 요구에 밀러는 별다른 토를 달지 않고 순순히 고개를 끄덕였다.

"후."

크게 숨을 내쉰 밀러가 2루와 3루 주자를 힐긋 바라본 뒤 와인드업 자세로 공을 뿌렸다.

슈우욱!

밀러의 손을 떠난 공은 델모니코가 요구한 코스보다 공 반개 정도 안쪽으로 날아가기 시작했다.

동시에 눈을 빛내던 아마리스타가 앞다리를 크게 들어 올렸다 내디디며 빠르게 배트를 내밀었다.

따아악!

벼락같은 스윙과 함께 아마리스타의 타구가 외야를 향해 쭉쭉 뻗어나가기 시작했다.

―제5구! 쳤습니다! 우중간을 향해 쭉쭉 뻗어나가는 타구!

그 모습에 공을 뿌린 밀러와 미트를 내밀고 있던 델모니코의 표정이 순간 어긋나고 말았다.

우중간을 가르며 체공을 계속하는 타구를 쫓던 민우의 발걸음도 점점 느려지고 있었다.

'좌중간이라면 어떻게 해봤을 텐데, 하필이면 우중간이라니……. 이건 잡을 수 없어.'

아무리 민우라고 해도 펜스를 수 미터 이상 넘어가는 타구는 잡고 싶어도 잡을 수 없었다.

펜스에 손을 대고 멈춰선 민우의 시야에 보이는 화살표는 색을 잃고 회색빛을 내뿜은 채, 타구의 방향만을 가리키고 있을 뿐이었다.

텅!

이윽고 민우가 서 있는 위치에서 훨씬 높은 곳으로 지나친 타구가 바닥을 때리는 소리가 들려왔다.

아마리스타는 풀 스윙을 한 자세에서 천천히 배트를 놓고 다이아몬드를 돌기 시작했다.

─펜스를 넘어~ 갑니다! 경기를 뒤집는 아마리스타의 스리런 홈런! 란초 쿠카몽가가 갈 길이 바쁜 식스티 식서스의 발목을 잡아 넘어뜨립니다! 스코어 3 대 1!

사방에서 들려오는 란초 쿠카몽가 팬들의 함성 소리를 들으며 그 모습을 바라보던 식스티 식서스의 팬들과 선수들은 제각기 다양한 표정으로 자신의 감정을 드러내고 있었다.

허탈, 좌절, 분노…….

민우는 자신이 건드릴 수 없는 공에 대한 무기력함을 느끼고 있었다.

'젠장! 펜스가 10미터만 길었어도 잡을 수 있는 타구였는데.'

느껴지는 무기력함만큼 주먹이 강하게 쥐어졌다.

하지만 아마리스타의 스리런 홈런은 민우의 홈런으로 아슬아슬한 리드를 가져가던 식스티 식서스에게 찾아온 첫 위기에 불과했다.

이후 밀러는 4번 자코보를 유격수 앞 땅볼로 잡아내며 한숨을 돌리는가 싶더니, 5, 6번 타자에게 연속 안타를 허용하며 다시 한 번 위기를 맞았다.

하지만 이후 7, 8번 타자를 삼진과 좌익수 플라이로 막아내며 겨우 숨을 돌릴 수 있었다.

불의의 홈런을 맞은 식스티 식서스의 타자들은 분발하는 모습을 보이며 4회 공격 때 1점을 추가해 스코어 3 대 2로 좁히며 한 점 차로 쫓아가기 시작했다.

하지만 4회를 마지막으로 이후 양 팀 모두 소득 없는 공방을 거듭했고, 어느새 경기는 후반으로 달려가고 있었다.

* * *

6회까지 100개에 가까운 공을 던진 밀러는 살짝 지친 기색을 보이고 있었다.

'구속도 떨어지고, 손에서 빠지는 공도 조금씩 나오고 있어. 평소라면 여기에서 내리는 게 좋겠지만… 오늘은 전반기 우승이 달린 최종전이야. 섣불리 내렸다가 밀러의 사기에 역효과를 줄 수도 있어.'

투수 코치인 맷이 걱정하는 것은 팀의 우승보다 밀러의 성장이었다.

투수가 코칭스태프에게 신뢰를 받지 못한다고 느낀다면 그에 대한 불만, 불안이 마음 한구석에 자리를 잡고 투수를 갉아먹을 것이다.

만약 여기서 밀러가 던질 수 있다고 자신한다면 한 번은 더 올리는 것이 맞았다.

그것이 투수에게 신뢰를 주고, 그가 한층 더 성장할 수 있도록 돕는 것이었고, 마이너리그의 존재 이유였다.

생각을 마친 맷이 천천히 밀러에게 다가가 그의 상태를 확인했다.

"밀러, 손은 좀 어떤가?"

맷의 물음에 밀러가 주먹을 쥐었다 폈다 하며 고개를 끄덕였다.

"아직 괜찮습니다."

"다음 이닝에도 올라갈 수 있겠나?"

"예. 아직 투구 수는 100개를 넘지 않았잖습니까. 한 이닝은 더 던질 수 있습니다."

밀러는 오늘 경기에 승부욕이 끓는 듯 강렬한 눈빛을 보내고 있었다.

그 의욕적인 모습에 맷은 고민 없이 고개를 끄덕였다.

"그럼 다음 이닝에도 믿고 맡기겠다. 대신, 두 타자를 내보내면 바로 내리도록 하겠다."

"알겠습니다."

더그아웃에서 자신의 타석을 기다리며 둘의 모습을 바라보던 민우가 걱정스런 목소리로 입을 열었다.

"괜찮을까?"

"응? 뭐가?"

옆에 나란히 앉아 있던 실베리오의 무슨 뜻이냐는 듯한 물음에 민우가 턱 끝으로 밀러를 가리켰다.

"밀러 말이야. 5회부터 워닝 트랙 앞에서 잡히는 타구가 급격히 늘었잖아."

"음… 그거야 뭐, 란초 쿠카몽가 녀석들이 워낙에 컨택을 잘해서 그런 거 아닐까?"

실베리오의 말에 민우가 고개를 저었다.

"컨택은 1회부터 잘했다고 봐. 그런데 5회부터 많아졌다는 건… 아무래도 손에 힘이 빠졌다는 증거로 봐야겠지. 란초 쿠카몽가 녀석들이 치기 좋을 정도로……."

"너무 걱정하지 마. 맷이 괜찮다고 판단하고 올릴 정도면 정말 괜찮은 거겠지. 우린 열심히 뛰어다니면서 밀러의 어깨를 가볍게 해주면 되는 거야."

"그런 건가?"

"응, 그런 거지."

실베리오의 별거 아니라는 말투에 민우도 이내 걱정을 접어 버렸다.

하지만 맷의 믿음이 무색하게 7회가 시작되자마자 밀러는 불안한 조짐을 보이기 시작했다.

*　　　*　　　*

따악!

란초 쿠카몽가의 선두 타자로 나선 아우어가 깔끔한 우전 안타를 만들어내며 여유 있게 1루를 밟았다.

초구 스트라이크를 노리고 가볍게 때려낸 안타였다.

예상치 못한 불의의 일격으로 출루를 허용한 밀러의 얼굴에 깊은 아쉬움이 밀려왔다.

'버틸 수 있을까.'

두 명의 출루를 허용하면 약속대로 내려가야 하는 상황.

조금 전에 던진 공도 이를 악물고 최선을 다해 던진 공이었다.

사실 자신의 몸은 투수 자신이 가장 잘 알고 있었다.

회를 거듭할수록 악력이 떨어지며 공을 완벽히 채지 못하는 경우가 생기기 시작했고, 그 결과 잘 맞아나가는 타구의 빈도가 높아지고 있었다.

하지만 팀의 전반기 우승을 위한 마지막 경기, 그 승리를 자신의 손으로 만들고 싶다는 승부욕이 자신을 마운드로 이끌었다.

그런 다짐과 함께 끝까지 막아내리라 생각하고 올라온 마운드였지만, 출발부터 삐걱거리자 순간 마음이 흔들렸다.

'아……'

밀러의 눈에 배터 박스에 들어서는 아마리스타의 모습이 들어왔다.

역전을 허용하는 뼈아픈 홈런을 맞았던 탓일까.

타석으로 들어서는 아마리스타의 모습이 유독 거대해 보이는 듯한 착각마저 들었다.

델모니코는 밀러의 표정이 묘하게 변하는 모습을 미처 발견하지 못한 듯, 가랑이 사이로 열심히 손가락을 놀리고 있었다.

뒤늦게 사인을 확인한 밀러가 턱을 타고 흘러내리는 땀을 닦으며 고개를 끄덕이고는 잠시 1루를 바라봤다.

1루 주자인 아우어는 밀러와 눈이 마주치자 입꼬리를 말아 올리며 미소를 보내고 있었다.

'쳇. 재수 없는 놈.'

녀석의 비웃음에 심장의 박동이 더욱 빨라지고 있었다.

이런 밀러의 미묘한 변화를 알아챈 것은 더그아웃에 있던 맷이었다.

'저 녀석, 역시 무리였나……'

지금이라도 내릴까 하는 생각이 들었지만 이내 고개를 저었다.

'약속은 약속이니까. 믿고 가봐야겠지.'

맷은 불펜이 열심히 달궈지고 있는 것을 확인한 뒤 다시 그라운드로 시선을 옮겼다.

슈욱!

밀러의 손을 떠난 패스트볼은 스트라이크존에서 한참을 벗어나 아마리스타의 어깨 높이를 통과하고 있었다.

델모니코는 생각보다 높이 날아오는 공에 깜짝 놀란 듯 벌떡 일어나며 아슬아슬한 모습으로 공을 잡아냈다.

펑!

"볼!"

생각보다 높은 궤적으로 들어가는 공에 밀러의 인상이 살짝 찌푸려졌다.

그리고 밀러를 계속해서 주시하고 있던 아마리스타의 눈은 그 모습을 놓치지 않았다.

'후후. 하나만 몰려라. 하나만.'

아마리스타는 지금 밀러의 구위라면 어떤 공이 들어오든 쳐낼 자신이 있었다.

이후 밀러가 뿌린 2구와 3구가 모두 볼로 빠지며 볼카운트는 순식간에 3볼 노 스트라이크 상황이 되고 말았다.

'후, 젠장. 볼에 꽂아도 강판이고, 스트라이크에 던져서 안타를 맞아도 강판이야. 젠장.'

델모니코 역시 어떤 코스로 어떤 공을 요구해야 할지 머리가 아팠다.

'이 녀석은 스트라이크존에 들어오면 분명 휘두를 거야. 녀석의 몸이 그걸 말해주고 있어. 브레이킹 볼을 아슬아슬하게 걸칠 수만 있다면 분명 배트가 따라 나올 테지만… 지금 밀러의 제구력으론 어려워. 그렇다고 패스트볼을 던지기엔 홈런을 맞았던 구종이라 부담이 커. 후……'

팀의 우승이 걸린 경기라 부담이 커서일까.

평소에 몇 번씩 겪어본 상황임에도 머리가 꽤나 지끈거렸다.

어렵게 선택을 마친 델모니코가 가랑이 사이로 손을 열심히 움직이기 시작했다.

그런데 밀러가 사인을 거부하며 계속 고개를 내저었다.

'저 자식이 왜 저래. 빠져도 좋으니까 커브를 유인구로 던지라고. 운이 좋으면 병살이야!'

반면 밀러가 고개를 내젓는 이유는 하나였다.

'밀어내기로 내보내고 강판당하는 것보다 내 공을 끝까지 던지고 강판당하는 게 낫지!'

결국 밀러의 고집을 꺾지 못한 델모니코가 한숨을 푹 쉬며 고개를 저었다.

'저놈의 고집은. 그래, 어디 마음대로 던져 봐라.'

미트를 주먹으로 팡팡 친 델모니코가 미트를 앞으로 팍 내밀었다.

그 모습을 본 밀러가 세트 포지션으로 빠르게 공을 뿌렸다.

슈우우웅!

밀러의 패스트볼은 바깥쪽 높은 코스로 들어가는 듯 보였다.

예상치 못한 궤적에 델모니코의 눈이 동그래짐과 동시에.

따아악!

아마리스타의 배트가 빠르게 돌아가며 밀러의 공을 가볍게 밀어 쳤다.

하늘 높이 뻗어 날아가는 그 타구에 밀러의 고개가 푹 숙여지고 말았다.

'젠장……'

텅!

여유 있는 모습으로 홈 플레이트를 밟는 상대의 모습이 너무나도 미웠다.

스코어는 5 대 2.

한 점 차까지 따라붙었던 점수 차가 다시 3점까지 벌어지고 말았다.

더그아웃에서 나선 맷이 주심에게 공을 받아 마운드를 향해 다가오고 있었다.

그 모습에 델모니코도 천천히 마운드로 다가오고 있었다.

밀러는 아웃 카운트를 하나도 잡지 못하며 팀에 민폐를 끼쳤다는 생각에 맷의 모습을 차마 바라볼 수 없었다.

맷보다 먼저 도착한 델모니코는 그런 밀러의 등을 말없이 가볍게 두드렸다.

이윽고 맷이 마운드에 도착하자마자 밀러를 위로하기 시작했다.

"분명 잘 던진 공이었다. 네가 잘못한 게 아니라 저 녀석이 잘 밀어 쳤을 뿐이야. 그러니 너무 낙심하지 말고 지금의 실패를 밑거름 삼아 후반기에서 더 좋은 모습을 보여줘라. 알겠나?"

"예."

아쉬움이 가득 담긴 대답을 끝으로 밀러가 마운드에서 서서히 멀어져 갔다.

이후 추격조로 올라온 우완 솔라노가 란초 쿠카몽가의 4, 5, 6번 타자를 삼진—유격수 땅볼—중견수 플라이로 막아내며 더 이상의 실점 없이 이닝을 마무리 지었다.

8회 초, 공격으로 들어가기 위해 더그아웃으로 돌아온 선수들의 표정이 그다지 좋지 못해 보였다.

'아무래도 1점이랑 3점은 차이가 좀 크지. 더군다나 8회니까. 이번 이닝에서 한 점이라도 내야 다음 이닝에 희망이 있을 거야. 그러기 위해선 떨어진 사기를 높여야 하는데⋯⋯.'

방법을 찾기 위해 잠시 고민을 하던 민우가 무언가 결심을 한 듯 굳은 표정을 지었다.

'이런 분위기에선 역시⋯ 그 방법뿐이야.'

짝짝.

민우가 가볍게 박수를 치자 선수들의 시선이 모두 민우에게로 쏠렸다.

"다들 왜 이렇게 기가 죽어 있어? 어디 초상났어?"

민우가 가볍게 농을 던졌지만 선수들의 표정은 그리 나아지지 않았다.

셰릴과 실베리오 정도만이 민우를 바라보며 웃음을 보이고 있을 뿐이었다.

"우리가 언제부터 이렇게 나약한 팀이었냐? 하이 싱글A의 무법자가 되어 거친 돌풍을 일으킨 우리 식스티 식서스가! 전반기 우승을 코앞에 두고 저 녀석들과 겨우 3점 차이가 난다고 포기하는 거냐?"

민우의 장난에 이은 도발에 발끈한 선수들이 이내 하나둘 반응을 보이기 시작했다.

"뭐? 누가 포기를 했다고 그래?"

"란초 쿠카몽가 녀석들한테 기가 눌린 적은 없다고."

"내가 힘을 빼고 있는 건 배트를 휘두르기 위한 추진력을 얻기 위함이다!"

"난 당장 다음 타석에서 홈런을 때릴 준비를 하고 있는데?"

하나둘 의욕을 되찾아가는 선수들의 모습에 민우가 애써 웃는 낯을 보이며 뒤로는 손발에 힘을 줬다.

'으으. 내가 친 대사지만 정말… 오그라든다. 그래도 이거 의외로 잘 먹히는데? 기왕 시작한 거 결정적인 한 방을 날려야지.'

민우가 애써 오그라들려는 손을 바로 편 뒤, 눈을 빛내며 기합이 잔뜩 담긴 목소리로 말을 뱉었다.

"살아만 나가라. 그럼 내가 모두 홈으로 불러들여 줄 테니까."

민우의 선언에 8회 초, 선두 타자로 나설 부스부터 구티에레즈, 레이븐의 표정이 묘하게 변하기 시작했다.

그중 부스가 헬멧을 머리에 턱 하고 얹으며 민우의 호언장담에 화답했다.

"다른 녀석이 그런 말을 했다면 꿀밤을 먹였겠지만… 민우네 녀석이라면 왠지 한번쯤은 일을 낼 것 같다. 꼭 출루할 테니까 어디 정말 홈으로 불러들일 수 있을지 한번 보자고."

부스는 그 말을 내뱉으며 그라운드로 나섰고, 뒤이어 구티에레즈와 레이븐까지 비장한 표정으로 민우를 바라본 뒤 그라운드로 나가 쉐도우 스윙에 열중하기 시작했다.

말을 끝내고 돌아선 민우의 옆으로 음흉한 표정을 짓고 있던 세릴이 스윽 하고 다가왔다.

"강민우 선생님. 오늘의 그 기름진 대사, 아주 마음에 들었습니다. 저번보다 더 발전된 것 같아 내심 기쁘군요. 후후후."

코를 슥슥 비비며 내뱉은 세릴의 말에 충격을 받은 듯, 민우는 제자리에 굳은 채로 한동안 멍하니 서 있었다.

'아… 내 이미지……'

잠시 뒤 겨우 정신을 다잡은 민우가 화장실을 다녀오겠다며 조용히 더그아웃을 빠져나갔다.

그리고 사람이 없는 것을 확인하고는 구석에 자리를 잡고 상점을 오픈했다.

'포인트 상점.'

빠른 속도로 아이템 상점을 연 민우가 가장 아래쪽에 위치한 마법의 드링크로 시선을 옮겼다.

10. 마법의 드링크—100p
—도핑에 걸리지는 않지만 알 수 없는 성분으로 이루어진 드링크제.
—알싸한 맛을 내며 목 넘김이 좋다.
—능력치가 랜덤으로 상승한다.
—부작용: 상승한 능력치가 다음 날 두 배로 하락한다.

'이게 효과가 있을까?'
아이템 상점이 생긴 지 꽤 많은 시간이 지났지만 저렴한 가격임에도 아직 한 번도 사용하지 않았던 마법의 드링크였다.
'왠지 이런 약은 함부로 쓰면 안 될 것 같단 말이지. 상승수치에 운이 크게 작용하는 것도 그렇고… 특히 부작용이 거슬린단 말이지.'
부작용에 눈을 떼지 못하던 민우가 고민에 고민을 거듭하고 있었다.
'하지만 오늘 경기에서 지게 되면 그동안 1위까지 달려오면서 이룬 노력들이 모두 수포가 된다. 선수들의 사기도 엄청떨어질 거야.'
마법의 드링크에 대한 거부감과 현재 상황에 대한 중요성사이에서 저울질이 계속됐다.

얼마의 시간이 흐른 뒤, 드디어 결심을 내린 듯 민우가 천천히 고개를 끄덕였다.

'딱 한 번만, 이번 한 번만 쓰는 거야. 눈 딱 감고 지르자. 마법의 드링크 구입!'

―'마법의 드링크(타자 맛)', '마법의 드링크(투수 맛)' 중 한 가지를 선택하세요.

'타자 맛? 투수 맛? 뭔 맛이여?'

어이없는 작명 센스에 황당한 표정을 지어 보인 민우가 이내 구입을 완료했다.

'당연히 타자 맛… 이지.'

―'마법의 드링크(타자 맛)'를 구매하였습니다.

―100포인트가 소모됩니다.

―현재 보유 포인트: 3,635

포인트가 소모됨과 동시에 눈앞의 공간이 일렁이며 박카스처럼 생긴 드링크가 쑥 하고 빠져나왔다.

'이게 마법의 드링크?'

병에 붙은 라벨에는 알통을 드러내고 환한 웃음을 보이는 익살스런 모습의 배트를 든 캐릭터가 그려져 있었다.

'성분 표시 같은 건… 당연하다는 듯이 없네.'

잠시 멍청한 생각을 하던 민우가 천천히 드링크 병의 뚜껑을 따 한입에 털어 넣었다.

'크으… 이거 완전 박카스랑 똑같은데?'

띠링!

['마법의 드링크' 버프가 발동했습니다.]

―'마법의 드링크'의 효과로 능력치가 일시적으로 랜덤 상승합니다.

―파워가 7 상승합니다.

―정확이 5 상승합니다.

―주력이 6 상승합니다.

―송구가 9 상승합니다.

―수비가 3 상승합니다.

―'마법의 드링크'의 효과로 상승한 능력치는 3시간 동안 유지됩니다.

익숙한 알림음과 함께 능력치가 랜덤으로 상승했다는 알림창이 떠올랐다.

'헐! 이렇게나 많이 올라? 송구는 9나 올랐어. 와… 이거 진짜 사기네 사기. 부작용만 없었으면 진짜 사기다.'

민우는 예상보다 큰 수치에 입을 쩍 하고 벌린 채 마법의 드링크의 효과에 감탄하고 말았다.

　이윽고 정신을 차린 민우가 확인을 마치자 빠르게 접혀진 설명창이 오른쪽 구석으로 날아가 버프와 스킬 표시 밑에 자리를 잡았다.

　'드링크 병에 있던 캐릭터 모양이네.'

　버프 문양을 바라보던 민우가 바로 아래로 시선을 돌리니 아주 조그마한 크기로 잔여 시간을 보여주고 있었다.

　─2시간 59분 47초.

　'3시간이라… 이럴 줄 알았으면 처음부터 사용할 걸 그랬나?'

　잠시 후회 아닌 후회를 하던 민우가 고개를 저었다.

　'아니야. 이런 일시적인 효과를 주는 약물에 처음부터 기대려는 건 좋지 않아. 부작용도 그렇지만 나중에 사용하지 못하게 될 때가 생기면 타격이 더 클 거야.'

　혼자서 이런저런 생각을 하던 민우가 마지막으로 능력치를 확인해 보았다.

　[강민우, 23세]
　[타자]
　─파워[E, 58(+18, 2%)/100], 정확[R, 63(+16, 54%)/100], 주

력[R, 64(+11, 34%)/100], 송구[E, 60(+14, 33%)/100], 수비[E, 59(+8, 84%)/100].

　─종합 [E, 304(+67)/500]

　능력치를 확인한 민우의 입이 다시 한 번 쩍하고 벌어지고 말았다.

　아이템과 버프, 스킬에 더해 '마법의 드링크'로 상승한 수치가 가히 놀라운 수준이었기 때문이다.

　'와… 대박! 템빨이 좋긴 좋네. 정확은 1만 더 올리면 80이잖아?'

　이윽고 민우의 입가에 서서히 미소가 떠오르기 시작했다.

　'니들은 오늘 다 죽었다.'

　민우가 종종걸음으로 복도를 돌아 더그아웃으로 향해 사라지자 반대쪽에서 한 인영이 스윽 하고 나타났다.

　천천히 민우가 있던 자리로 다가온 인영은 쓰레기통에 버려진 드링크 병을 꺼내 들고는 비릿한 미소를 지어 보였다.

　'건방진 새끼. 행동이 수상해서 따라왔더니 대놓고 약을 빨고 있어? 어쩐지 말도 안 되는 활약을 계속하더라니. 넌 이제 끝난 거야. 날 건드리면 어떻게 되는지 똑똑히 알려주마. 후후후.'

　이윽고 병을 품속에 챙긴 인영이 걸음을 옮기며 점점 멀어져 갔다.

＊　　　＊　　　＊

더그아웃에 들어서는 민우를 발견한 해치가 다행이라는 표정을 지으며 냉큼 다가왔다.

"민우! 안 그래도 너무 안 오기에 막 찾으러 가려던 참이었어. 변비라도 걸린 거야? 아니 뭐, 그건 나중에 얘기하고 일단 빨리 나갈 준비해. 다음이 바로 네 타석이야."

해치의 말에 경기 상황을 바라본 민우의 눈이 크게 뜨여졌다.

"뭐야. 노아웃에 주자 1, 2루? 대박."

"풉. 그 대박이 네가 사라져서 쪽박이 될 뻔했다. 인마! 꾸물대지 말고 빨리 나가!"

어느새 다가온 실베리오가 웃음을 보이며 민우를 떠밀었다.

그제야 민우가 잽싸게 장구를 챙겨 빠르게 대기 타석으로 들어섰다.

몸을 풀기 위해 배트에 배트링을 끼운 채 크게 휘두른 민우의 표정이 묘하게 변했다.

'가벼워!'

평소에 느껴지던 배트링의 무게에 비해 훨씬 가볍게 느껴지고 있었다.

잠시 감탄한 표정을 짓던 민우가 이내 마운드 쪽으로 시선을 돌렸다.

7회까지 1실점으로 호투하던 슈메이커의 표정이 그리 좋지 않아 보였다.

그리고 전광판에 달린 초록색 전구에 불이 모두 들어와 있었다.

'3볼 노 스트라이크라.'

잠시 1루와 2루를 힐긋 바라본 슈메이커가 빠르게 공을 뿌렸다.

하지만 슈메이커의 슬라이더는 손에서 미끄러진 듯, 스트라이크존을 크게 벗어나고 말았다.

레이븐은 애초에 칠 생각이 없었다는 듯 미리 한 발을 빼고 있었고, 배트를 내려놓고는 여유 있는 걸음으로 1루 베이스를 밟았다.

자동으로 한 베이스씩 진루가 이루어지며 노 아웃 주자 만루, 화려한 밥상이 민우의 바로 앞에 차려졌다.

'잘 떠먹느냐, 아니면 밥상을 뒤엎느냐.'

모든 것은 민우의 손에 달려 있었다.

무사 만루가 되자 란초 쿠카몽가는 즉시 슈메이커를 내리고 필승조인 버그를 등판시켰다.

우완 오버핸드 투수인 버그는 1점대 중반의 방어율을 기록하고 있는 투수로 좌타자 상대 피안타율이 1할 6푼에 불과할 정도로 뛰어났기에 란초 쿠카몽가로서는 민우를 막아내고, 추격의 불씨를 꺼뜨릴 필승 카드가 바로 버그였다.

민우는 기본적인 자료를 통해 버그의 기록이나 구종에 대해서는 알고 있었지만 그 외에 특별한 자료를 보지 못했고, 실제로 상대해 본 적도 없었기에 그 기록이 특출한 이유를 알지 못하고 있었다.

민우는 배터 박스에서 멀찍이 물러나 버그가 연습 투구를 하는 것을 지켜봤다.

'투구 폼이 조금 느린 것 같은데, 공은 빠르게 들어온다. 거기에 숨김 동작은 꽤 좋아 보이네. 타이밍을 뺏고 공에 대한 판단도 방해한다. 저게 호투의 비결인가?'

민우가 고민을 하는 사이 몇 개의 공을 더 던진 버그가 고개를 끄덕였고 투수 코치가 더그아웃으로 돌아가며 준비가 되었음을 알렸다.

민우는 혹시나 작전이 나오진 않을까 3루를 바라봤지만 3루 코치는 손으로 배트를 휘두르는 모습만을 보이고는 더 이상의 추가 주문을 보이지 않았다.

'능력껏 치라 이거군.'

고개를 끄덕인 민우가 배트를 크게 두어 번 휘둘러보았다.

부웅! 부웅!

평소보다 훨씬 가볍고 빠르게 돌아가는 배트에 민우의 입가에 미소가 피어났다.

'이 정도면 충분해. 지금은 무슨 공이든 때려낼 수 있을 것 같아.'

민우의 배트가 매섭게 돌아가는 것을 본 포수가 잠시 고개를 갸웃거렸다.

'어째, 이전 타석보다 스윙이 훨씬 좋아진 것 같은데… 기분 탓인가?'

민우의 스윙에서 묻어나는 힘에 약간의 불안함이 솟아나던 포수는 마운드를 바라보고는 피식 하며 웃어 보였다.

'아무리 이 녀석이 다재다능하더라도, 버그의 공은 그리 쉽게 때려내지 못할 거야. 특히 오늘은 말이지.'

포수는 버그가 연습구로 던진 구종이 모두 원하는 위치에 들어온 것을 기억하곤 다시금 확신을 가졌다.

이윽고 민우가 배터 박스의 가장 앞쪽에 자리를 잡으며 경기가 재개되었다.

포수와 사인을 교환한 버그가 고개를 끄덕이곤 힘차게 초구를 뿌렸다.

슈우욱!

팡!

"스트라이크!"

초구는 스트라이크존의 아랫부분을 스치는 96마일의 빠른 패스트볼이었다.

'이게?'

평소라면 움찔했을지도 모를 공이었지만 마법의 드링크 효과로 상승한 능력치 때문에 이전보다 확연히 구별이 되었기에 배트를 내밀지 않았다.

그런데 공 반 개쯤 빠진 볼이라고 생각한 민우의 예상과 달리 주심은 매정하게 스트라이크 판정을 내렸다.

민우가 고개를 갸웃거리며 잠시 주심을 바라봤지만 주심은 눈 하나 깜빡하지 않는 모습이었다.

─타석에 4번 타자 강민우. 초구는 낮은 코스의 스트라이크.

─강민우 선수가 주심의 판정에 고개를 갸웃거리네요. 낮다고 판단한 걸까요? 제2구.

슈우욱!

팡!

"스트라이크!"

2구는 87마일의 슬라이더였는데 스트라이크존의 바깥쪽 구석을 정확히 찌르는 공이었다.

'예리하게 들어오네.'

순식간에 볼 카운트는 노 볼 2스트라이크가 되며 민우에게 압도적으로 불리해졌다.

포수는 배트를 내밀지도 못하고 2스트라이크를 내어주는

민우의 모습에 조금 더 여유를 가지게 되었다.

'좋아. 버그가 오늘 공이 제대로 긁히는 날이야. 이 정도 구위라면 문제없어.'

─2구도 스트라이크입니다. 무사 만루 상황에서 버그가 과감한 투구를 보여주고 있습니다.

─만루라는 상황에서 강민우 선수가 과감한 스윙을 보였으면 어땠을까 하는 생각입니다. 투수 와인드업.

버그가 느릿느릿한 동작으로 천천히 키킹을 보인 뒤, 팔을 빠르게 휘두르며 총알 같은 공을 쏘아 보냈다.

슈우욱!

탁!

"파울!"

또 한 번 스트라이크존의 바깥쪽 낮은 코스를 찌르는 패스트볼에 민우가 배트 끝으로 툭하고 건드리며 걷어냈다.

'3개 연속 존의 경계를 찌르는 공이라… 자신의 공에 자신이 있다는 거겠지.'

능력치의 상승으로 동체 시력과 배트 스피드가 더욱 빨라졌기에 버그의 빠른 패스트볼에 배트를 가져다대는 것은 그리 어렵지 않았다.

문제는 버그의 제구력과 구위, 그리고 변칙적인 투구 속도였다.

'저게 비결이 맞나 보네. 투구 폼의 타이밍을 느리게 가져가다가 마지막에 급격히 빨라지니까 내 타이밍이 어긋나는 느낌이야. 거기에 좋은 공을 원하는 곳에 꽂아 넣는 능력까지. 절대로 치기 좋은 곳에는 던지지 않겠지.'

버그가 올라온 뒤, 주심은 존의 경계에 아슬아슬하게 걸치는 공을 스트라이크로 잡아주었다.

투수의 공에 대해 스트라이크 판정을 잘해준다는 것은 타자에게는 선택의 폭을 좁히는 것이나 마찬가지였다.

잠시 고민을 하던 민우가 빠르게 판단을 내렸다.

'3볼 상황이랑 반대로 가야겠어. 경계에 걸치는 공은 무조건 커트해 내서 녀석이 존의 안쪽으로 공을 뿌리는 걸 유도해야겠다.'

민우는 가상의 스트라이크존에서 경계 부분에 공을 채워 넣으며 그 부분의 공은 모두 커트를 해내기로 결정했다.

이윽고 버그가 공을 뿌리기 시작했다.

슈욱!

탁!

"파울!"

슈욱!

탁!

"볼!"

슈욱!

탁!

"파울!"

　

―볼 카운트 2앤 2. 제9구! 파울! 이쯤 되면 강민우 선수가 의도적으로 존에 걸치는 공들을 걷어내고 있다고 봐야겠죠?

―오늘 버그의 구위가 좋은 만큼 강민우 선수의 배트 컨트롤도 대단해 보입니다. 강민우 선수로서는 투수가 공을 조금 더 안쪽으로 던져 주었으면 하는 마음이 있는 것 같은데요. 과연 버그에게서 자신이 원하는 공을 끌어낼 수 있을지 궁금하네요.

　

민우가 커트를 거듭할수록 포수의 얼굴에 자리했던 여유의 기운은 점점 당혹스런 표정으로 바뀌어가고 있었다.

'이 녀석, 적당히 걸치는 공은 전부 커트해 내고 있어. 분명 전 타석보다 배트 스피드며 컨택이며 모든 게 향상됐어. 어떻게 된 거지?'

마운드 위에 서 있던 버그 역시 속으로 답답함을 감추고 있었다.

'살짝 걸치는 공을 모조리 커트한다고? 저 녀석이 그렇게 배트 컨트롤이 대단한 녀석인 건가?'

마운드에 오르기 전에 들은 이야기라곤 배트 스피드와 파위가 모두 뛰어나다는 이야기 정도였다. 패스트볼에 비해 브레이킹 볼에 대한 대응이 부족하다는 것 정도는 알고 있었지만 그마저도 3할을 넘었기에 딱히 해결책이 되어주지 못했다.

민우가 하나씩 커트를 해낼 때마다 원정 응원을 온 팬들은 가슴이 덜컹하는 기분을 느끼고 있었다.

"제발!!"

"강! 믿을 건 너밖에 없어! 하나만 날려줘!"

"식스티 식서스를 구해줘!"

그리고 관중들 사이에서 그 모습을 보고 있던 이아름은 한 장면도 놓치지 않겠다는 듯 동영상을 열심히 촬영 중이었다.

쫘악.

아름은 민우의 커트가 거듭되자 자기도 모르게 주먹을 쥐고선 초조한 마음으로 그 모습을 바라보기 시작했다.

'강민우 선수! 힘을 내요! 한 방 날려주라고요!'

슈욱!

딱!

"파울!"

또다시 파울라인 바깥으로 날아가는 타구에 버그의 얼굴이 똥 씹은 표정으로 변해갔다.

'벌써 몇 개째야?'

정확히 구석을 찌르는 슬라이더에 손에 채이는 느낌도 좋았다.

이제는 됐다는 마음이 들어 기대에 찬 눈으로 바라보면 기어코 공을 바깥으로 걷어내 버렸다.

버그는 심지어 민우의 뺨을 후려갈기고 싶은 마음까지 생겨나고 있었다.

민우는 시시각각으로 변하는 버그의 표정을 그저 바라보고 있을 뿐이었다.

'사실 지금의 능력치라면 단타는 얼마든지 뽑아낼 수 있지만, 여기서 동점 이상을 내지 못하면 상승세가 한풀 꺾일 거야. 지금이 내 마지막 타석이 될 테고.'

스트라이크존에 살짝 걸치는 공들을 모두 걷어낸 이유는 단 하나, 단타로는 끽해야 2점을 얻는 수준이 최대이기 때문이었다.

타선의 중심인 4번 타자의 자리에서 민우가 해야 할 역할은 중요했다.

한 방을 보여줘야 하는 자리.

그 한 방으로 팀을 승리로 이끌어야 하는 자리.

그것이 바로 4번 타자의 역할이었다.

민우가 노리고 있는 것은 최소 동점을 위한 장타였다.

도무지 답이 나오지 않을 것 같은 상황에 포수가 굳은 결심을 하고는 가랑이 사이로 손가락을 펴 보였다.

그리고 버그가 굳은 표정으로 고개를 끄덕였다.

이윽고 와인드업 자세를 취한 버그가 느릿느릿한 동작 뒤에 빠른 스윙으로 공을 뿌렸다.

슈우욱!

민우의 눈에 그 궤적은 스트라이크존의 바깥쪽 구석에서 안쪽으로 살짝 쏠린 패스트볼로 보였다.

"흡!"

판단과 동시에 민우가 스트라이드를 내디디며 체중을 실은 배트를 벼락같이 내돌렸다.

따아악!

민우가 강하게 때려낸 타구는 약간 높은 각도를 형성하며 우중간 방향으로 뻗어나가기 시작했다.

공을 때려낸 뒤, 손을 울리는 미약한 진동에 민우가 인상을 살짝 찌푸리며 배트를 놓고 빠르게 달리기 시작했다.

─강민우 선수가 오늘 공을 굉장히 끈질기게 잘 보고 있는데요. 제11구! 쳤습니다! 약간은 빗맞은 타구가 하늘 높이 떠오르며 우중간을 향해 날아갑니다. 중견수와 우익수가 공의 낙구 지점을 찾아갑니다!

─스윙 스피드는 좋았는데 배트의 스위트 스폿을 살짝 빗겨 맞은 타구 같은데요.

'공이 옆으로 살짝 휘었어. 젠장.'

민우는 당연히 넘길 수 있으리라 생각한 공을 제대로 때려내지 못한 것에 자책하는 표정으로 내달리며 끝까지 타구를 바라보고 있었다.

'한 번만 넘어가라! 한 번만!'

민우의 간절한 바람이 통했을까.

생각보다 힘이 실린 타구는 쉬이 떨어질 생각을 하지 않으며 생각보다 멀리 날아가고 있었다.

―어어! 낙구 지점을 찾던 중견수의 발걸음이 갑자기 빨라집니다. 워닝 트랙까지 달려가는 중견수! 펜스에 등을 붙입니다!

중견수 아우어가 점프할 타이밍을 재듯 펜스에 한쪽 손을 대고 타구를 떨어지기만을 주시하고 있었다.

그리고 펜스에 타구가 거의 도달했을 때, 아우어가 힘껏 점프를 시도했다.

―아～ 떨어지는 타구를 바라보던 중견수가 크게 점프하며 글러브를 말아 줍니다! 잡았나요?

홈런이냐, 아웃이냐.

모두가 숨을 죽이고 아우어의 글러브에 온 신경을 집중하고 있었다.

이윽고 아우어가 글러브를 손에서 빼내더니 털레털레 수비
위치로 돌아가기 시작했다.

그 모습에 홈 팬과 원정팬의 희비가 극명하게 엇갈렸다.

란초 쿠카몽가의 홈 팬들은 자리에서 주저앉아 머리를 감
싸 쥐거나, 아쉬운 표정을 지으며 홈런을 때려낸 민우를 원망
스러운 눈빛으로 쳐다보고 있었다.

"안 돼……."

"저런 괴물 같은 자식……."

반면에 원정 응원을 온 식스티 식서스의 팬들과 더그아웃
의 선수들은 손을 머리위로 들어 올리고는, 혹은 박수를 치며
환호를 내지르기 시작했다.

"와아아아아!!"

"홈런이야! 만루 홈런이야!!"

"대에에에박!!"

"드디어 역전이다!"

"킹 캉! 킹 캉!"

―글러브에, 공이 있나요? 아아아! 글러브가 비어 있습니다!
강민우의 타구가 담장을 아슬아슬하게 넘어갔습니다! 강민우
가 결정적인 순간에 만루 홈런으로 팀을 구해냅니다! 이 홈런
으로 식스티 식서스가 오랜만에 리드를 되찾았습니다! 스코
어 5 대 6!

'아…….'

관중석에서 그 모습을 지켜보던 아름은 한 손으로 입을 가린 채 다이아몬드를 돌고 있는 민우에게서 눈을 떼지 못하고 있었다.

한국의 2군에 있을 때만 해도 풋풋한 느낌의 유망주에 불과했지만, 지금은 한층 더 성장해 어엿한 한 명의 야구 선수의 역할을 다하고 있었다.

그리고 지금은 4번 타자라는 자리에서, 팀을 승리로 이끌어야 한다는 책임감을 이겨내고 결정적인 만루 홈런까지 때려냈다.

나만이 눈여겨보고 관심을 가지고 있던 선수가 타국 땅에서 멋지게 성장하여 맹활약하는 모습을 보는 것은 꽤나 뿌듯한 일이었다.

아름은 지금의 광경을 하루라도 빨리 한국에 기사로 내보내 민우의 활약을 만천하에 알리고 싶었다.

그리고 한편으로는 예전부터 가지고 있던 의문이 스멀스멀 고개를 들었다.

'도대체 이런 유망한 선수를 LC에서는 왜 방출시킨 거지? 내가 모르는 다른 이유가 있는 건가?'

민우의 활약을 두 눈으로 직접 확인하니, 그 의문은 더욱더 증폭되었다.

'뭔가 찝찝하단 말이야. 한국에 가면 자세히 알아봐야겠어.'

"야 이 자식아!!"

"호언장담할 땐 솔직히 안 믿었는데, 진짜로 때려내다니!"

"이런 괴물 같은 자식!"

"일로와!"

퍽퍽!

탁탁!

민우가 더그아웃으로 들어서자 선수들이 득달같이 달려들어 헬멧이며 등이며 온몸을 두드리기 시작했다.

"아파! 이것들아! 그만 때려! 그리고 아직 경기 안 끝났어!"

민우가 진심으로 아프다는 표정으로 소리를 지르자 선수들이 한발 물러나더니 서로를 바라보며 음흉한 미소를 짓기 시작했다.

"그렇지. 민우 말이 맞아. 그럼… 경기 끝나고 몰아서 맞자!"

"얘들아, 민우 도망 못 가게 잘 붙들어 놔라!"

"오케이!"

민우는 선수들의 단합된 모습에 생명의 위협을 느끼며 부디 경기가 끝나지 않기를 바랐다.

민우에게 만루 홈런을 얻어맞은 버그는 뒤이어 5번 타자 해치에게마저 솔로 홈런을 얻어맞고는 바로 강판되고 말았다.

8회 말, 민우의 역전 홈런에 냉정함을 상실한 란초 쿠카몽 가의 선수들은 패배를 만회하기 위해 스윙을 크게 가져가기 시작했다.

하지만 그 노력이 무색하게 이렇다 할 결과를 만들어내지 못하고 있었다.

그리고 9회 말 2아웃.

따악!

6번 타자 올리버의 배트에서 발사된 타구가 센터 방면으로 정직하게 날아가고 있었다.

민우는 머리 위에 표시된 화살표가 동그란 모양인 것을 보고는 제자리에서 글러브를 살짝 들어 올리버의 타구를 잡아 냈다.

팍!

"아웃~"

―올리브의 타구가 중견수 플라이로 처리되며 경기는 그대로 종료됩니다.

―앞서 레이크 엘시노어의 패배가 먼저 전해졌었는데요. 지금의 결과로 식스티 식서스가 전반기 우승을 차지하게 됩니다.

―5월까지만 해도 상상조차 하지 못한 결과가 오늘 바로 눈앞에서 펼쳐졌습니다.

민우의 글러브에 공이 빨려 들어가며 아웃 카운트 3개가 모두 채워졌고, 경기는 민우의 홈런이 결승타가 되며 식스티 식서스의 극적인 역전승으로 마무리가 되었다.

"와아아아아!!"

"우리가 전반기 우승을 하다니!!"

"강의 손에서 시작해서, 강의 손에서 끝이 났도다!"

"와하하!!"

 식스티 식서스의 경기가 끝나기에 앞서 레이크 엘시노어가 패배했다는 소식이 들어왔기에 식스티 식서스는 바로 전반기 우승을 확정지을 수 있었다.

 원정 응원을 왔던 많은 팬이 더그아웃 쪽 관중석에 모여 한 마음으로 식스티 식서스의 우승을 자축했다.

 식스티 식서스 선수들은 그런 관중들에게 사인볼 등을 전하며 원정 응원을 와준 것에 대해 감사를 표했다.

 민우는 오늘 경기에서 4타수 2안타(2홈런) 5타점 2득점을 기록하며 시즌 타율 0.515라는 탈 싱글A급의 괴물 같은 기록을 이어갔다.

제2장

올스타 브레이크

빠르게 샤워를 마친 민우가 라커룸에 놓인 소파에 앉아서 무언가를 열심히 살펴보고 있었다.

[히든 퀘스트—플레이 오프 진출권(하이 싱글A) 결과]
—전반기 우승으로 팀의 플레이오프 진출이 확정됐습니다.
—팀이 플레이오프에 진출하는 데 혁혁한 공을 세웠습니다.
—500포인트가 지급됩니다.
—본 퀘스트는 발생 횟수에 제한이 없습니다.

'히든 퀘스트라… 이런 것도 있었구나.'

민우는 알림창의 내용을 확인하고는 담담하게 고개를 끄덕 거렸다.

경기가 끝남과 동시에 나타난 알림창이지만 선수들과 부둥 켜안고 승리의 기쁨을 나누느라 미뤄두어, 이제야 확인하게 된 것이었다.

'이제는 뭐 퀘스트 종류가 추가되는 건 그리 놀랍지도 않 네.'

그동안 민우가 전혀 예상하지 못했던 아이템이니 버프니 스 킬이니 하는 것들이 쏟아져 나왔기에 퀘스트의 변형된 모습이 거니 하며 덤덤히 받아들이는 모습이었다.

'발생 횟수에 제한이 없다는 건, 이후에도 이와 관련된 퀘 스트가 또 나올 거라는 말이지? 뭐, 퀘스트는 많으면 많을수 록 좋으니까.'

퀘스트가 많아지면, 얻을 수 있는 포인트도 많아진다.

민우에게 전혀 손해가 될 것은 없었다.

알림창을 닫은 민우가 소파에 몸을 파묻으며 눈을 감았다.

'퀘스트에 실패해도 포인트 안 뺏어가는 게 어디야.'

그런 민우의 곁으로 다가온 실베리오가 민우를 따라 바로 옆 소파에 몸을 파묻으며 한숨을 뱉었다.

"후아~"

그 소리에 감았던 눈을 뜬 민우는 옆자리에 앉은 인물이 실베리오임을 확인하고는 다시 눈을 감으며 입을 열었다.

"뭐야? 이 기분 좋은 날에 왜 한숨을 쉬고 그래?"

민우의 물음에 실베리오가 기다렸다는 듯이 더 큰 한숨을 내뱉었다.

"휴우우, 왜긴 왜냐. 올스타 브레이크 동안 쓸쓸하게 숙소를 지켜야 하는 내 신세가 처량해서 그렇지."

실베리오의 한탄에 민우가 주변을 둘러봤다.

선수들은 삼삼오오 모여서 이번에 어디를 가기로 했다느니 하는 얘기를 주고받고 있었다.

그 모습을 본 민우가 실베리오를 바라며 피식 웃어 보이고는 위로 아닌 위로의 말을 건넸다.

"그건 나도 마찬가지잖아. 뭣하면 올스타 게임 구경이라도 하러가던가."

"거기 가서 뭐해. 경기에 뛰지도 못하는데. 쩝."

민우의 말에 실베리오가 퉁명스럽게 대답을 하곤 입맛을 다셨다.

오늘 경기를 끝으로 인랜드 엠파이어 식스티 식서스가 속한 캘리포니아 리그는 전반기 일정을 모두 마친 상태였다.

그리고 3일 뒤에 열리는 캘리포니아 리그와 캐롤라이나 리그의 올스타 게임이 열릴 예정이었고, 올스타 게임 이후 하루 휴식을 취한 뒤, 다음 날부터 후반기 일정이 시작될 예정이었다.

올스타 게임에 출전하지 않는 선수들은 두 가지로 나뉘게 된다.

미국의 유명한 야구 잡지인 베이스볼 아메리카(BA)에서 전반기 성적에 따라 각 팀별로 1~2명의 선수를 뽑아 올스타 게임에 참여할 선수로 선발하는데, 여기에 선발된 선수들은 휴가 대신 올스타전에 참가하여 자신의 가치를 알리게 된다.

그리고 아쉽게도 올스타 게임에 선발되지 못한 나머지 선수들은 후반기가 시작하기 전까지의 4일이라는 기간 동안 짧은 휴가를 부여받았다.

식스티 식서스에서는 해치가 유일하게 올스타 게임에 선발되어 휴가를 대신하게 되었다.

선수들은 모처럼만에 얻은 휴가에 들뜬 마음으로 대부분이 벌써부터 행선지를 정한 상태였다.

반면, 민우와 실베리오를 포함해 미국에 지인 한 명 없는 일부 선수는 숙소에 남아 심심한 휴가를 보낼 예정이었다.

잠시 입을 다물고 있던 실베리오가 입이 근질거리는 듯, 민우를 힐긋 바라보고는 주절대기 시작했다.

"아아! 누가 나랑 놀아줄 예쁜 여자 한 명만 소개해 주면 좋을 텐데~ 아주 예~ 쁜 여자로 말이야~"

실베리오가 능청스럽게 내뱉는 말에는 민우를 향한 은근한 압박이 들어 있었다.

너 혼자 미녀를 차지하니 좋냐! 부럽다! 나도 소개시켜 달라!

실베리오가 은근히 보내는 눈빛에는 그런 의미가 담겨 있는 듯했다.

실베리오의 말에 웃음을 짓던 민우는 문득 무언가 까먹은 것 같은 기분이 들었다.

'뭐였더라? 분명히 경기 끝나고 뭘 하려고 했는데… 그게 뭐였지?'

민우가 고민에 빠져 있을 때.

덜컹!

문이 열리며 사복 차림의 브렌트가 라커룸으로 들어섰다.

브렌트의 등장에 두런두런 이야기를 나누던 선수들이 입을 다물고는 시선을 모았다.

"모두 모였나?"

주장인 해치가 선수들을 빠르게 훑고는 브렌트의 물음에 답했다.

"예, 다들 모였습니다."

"그래. 내일부터 4일간 올스타 브레이크인 건 다들 인지하고 있을 테니 길게 말하지는 않겠다. 무얼 하든 상관없지만 메이저리그까지 올라가고 싶다면 하지 말아야 하는 것이 뭔지는 다들 알고 있겠지?"

브렌트의 입에서 나온 그리 특별할 것 없는 말에 선수들이 능청스럽게 대답했다.

"예~"

"그럼요~"

"저희가 애들도 아닌데요. 하하하."

그 모습에 피식 웃음을 보인 브렌트가 고개를 끄덕거렸다.

"알아서들 잘하고, 숙소로 가는 버스는 삼십분 뒤에 출발할 예정이니 숙소로 갈 녀석들은 늦지 말고 모이도록 해라. 그럼, 휴가들 잘 보내도록."

"예~"

"코치님도 휴가 잘 보내십쇼~"

용건을 마친 브렌트가 몸을 돌려 빠져나가자 선수들은 다시금 이야기 삼매경에 빠져들어 갔다.

"아차, 민우!"

라커룸으로 다시 돌아온 브렌트의 부름에 민우가 감았던 눈을 떴다.

"예."

"밖에서 누가 기다리고 있더라. 오래 기다린 것 같던데, 빨리 나가봐라."

브렌트가 용건을 전하고 다시 라커룸을 떠나자 민우가 아리송한 표정을 지었다.

"누구… 헐!"

그제야 뇌리에 경기가 시작하기 전, 자신을 인터뷰하겠다고 했던 이아름 기자의 얼굴이 떠올랐다.

'망했다.'

타다닷!

라커룸을 빠져나온 민우가 빠르게 경기장 입구 쪽으로 달려 나갔다.

'아.'

아름을 찾기 위해 눈을 데굴데굴 굴리던 민우의 시야에 경기장 입구 한쪽 벽에 기대어 휴대폰을 만지작거리고 있는 아름의 모습이 잡혔다.

"이아름 기자님!"

자신을 부르는 목소리가 들리자 아름이 휴대폰에서 시선을 떼곤 고개를 들어 소리의 진원지를 찾았다.

이내 민우를 발견한 아름이 자신의 짐을 챙겨 들고는 민우를 향해 다가왔다.

"기다리다 지쳐서 울 뻔했네요."

"에에?"

갑작스런 아름의 말에 민우가 어리벙벙한 표정을 짓자 아름이 피식하며 웃어 보였다.

"농담이에요. 물론 기다리다 지친 건 사실이지만."

"아, 정말 죄송합니다. 저도 모르게 까맣게 잊고 있었네요."

민우가 고개를 꾸벅 숙여 사과를 표하자 아름의 얼굴에 은근한 미소가 피어올랐다.

'잘못을 바로 인정하고 사과도 빠르고. 예의가 참 바르네.

실력에 인성도 합격.'

"이해해요. 우승이 달린 경기였잖아요. 4번 타자로서 중압감이 상당했을 테고요. 일단 전반기 우승을 달성하신 것, 진심으로 축하드려요."

"감사합니다. 기자님이 응원해 주신 덕분입니다."

"그래요? 그럼, 고마우니까 인터뷰해 주실 거죠? 한국에서 미국까지 날아왔는데, 안 해주시면 저 정말 울어버릴 거예요."

아름이 능청스럽게 훌쩍이는 모습을 보이자, 당황한 민우가 '어버버'한 표정을 지었다.

"어어. 당연히 해야죠, 인터뷰. 지금 바로 합시다."

그 모습에 아름의 입꼬리가 스윽 올라가고 있었다.

'당황하는 모습이 꽤 귀엽네. 후훗.'

"그럼, 어디서 할까요? 이 근처에 갈 만한 곳이 있나요?"

"조금 나가면 가게들이 있던데, 이 시간이면… 아마 문을 닫았을 겁니다."

민우의 말에 아름이 '흐음' 하는 소리를 내며 고민을 하고는 물음을 던졌다.

"혹시 내일 따로 잡혀 있는 일정이 있나요?"

"아뇨. 내일부터 올스타 브레이크인 데다가, 미국엔 연고가 전혀 없어서 그동안 개인 훈련을 할 예정입니다."

민우의 대답에 아름은 결정했다는 표정을 지었다.

"그럼. 차라리 내일은 어때요?"

"예?"

민우가 눈을 동그랗게 뜨며 되묻자 아름이 미소를 지어 보였다.

"어차피 한국으로 돌아가는 건 모레 비행기니까요. 강민우 선수 인터뷰도 하고 훈련하는 모습도 담아 갈까 하는데, 괜찮죠?"

아름이 얼굴을 스윽 내밀며 초롱초롱한 눈빛으로 민우를 바라봤다.

그 행동에 당황한 민우가 '어버버'하는 표정으로 빠르게 뒤로 물러났다.

'어휴, 자기 얼굴이 예쁜지 모르는 건가? 아니면 알고 저러는 건가?'

속으로 한탄의 말을 뱉은 민우가 심장이 두근거리는 듯한 느낌에 가슴에 손을 얹고는 고개를 끄덕였다.

"예, 뭐. 상관없습니다."

"약속한 거죠?"

"예."

민우의 대답에 웃음을 보인 아름이 새끼손가락을 펴고는 흔들어 보였다.

"그럼 걸어요."

그 모습에 잠시 멍한 표정을 짓던 민우는 아름이 재차 손가락을 들이밀자 자기도 모르게 새끼손가락을 걸었다.

민우가 손가락을 걸자 위아래로 흔든 아름이 환한 미소를 보였다.

"내일 아침 10시까지 경기장으로 찾아갈게요. 그럼 내일 봐요."

손을 흔들어 보인 아름이 등을 돌려 주차장 쪽으로 사라져 갔다.

민우는 순식간에 벌어진 일에 어안이 벙벙한 표정이었다.

"예쁜 데다가 되게 발랄하니 적응이 안 되네. 기자가 맞긴 맞는 건가?"

떠나가는 아름의 뒷모습을 바라보던 민우가 고개를 절레절레 저으며 라커룸 쪽으로 걸음을 옮겼다.

쩍쩍!

아침 햇살이 내리쬐는 그라운드는 잔디가 잘 정돈된 채로 초록빛을 내보이고 있었다.

하지만 그라운드를 누비는 선수들은 단 한 명도 보이지 않았고, 간간히 들려오는 새소리만이 넓은 그라운드의 정적을 깨뜨리고 있었다.

푸슝!

따악!

그런 그라운드의 구석에 자리한 실내 연습장에서 언제부턴가 기계가 돌아가는 소리가 들려오기 시작했다.

푸슝!

따악!

소리의 진원지는 바로 실내 연습장의 마운드에 놓인 피칭 머신이었다.

피칭 머신에서는 연신 빠른 공이 쏘아지고 있었다.

푸슝!

따악!

공이 쏘아지는 소리가 들리면 곧바로 정갈한 타격음이 연이어 들려왔다.

타석에서 공을 때려내고 있는 선수는 어제 만루 홈런의 주인공인 민우였다.

올스타 브레이크에 대부분의 선수가 휴식을 취하는 것과 달리 민우는 여느 날과 다름없이 훈련에 매진하고 있었다.

푸슝!

따악!

민우가 때려낸 타구가 빠르게 날아가 실내 연습장의 그물망을 때렸고, 그물망이 크게 파도를 치며 타구를 받아냈다.

수없이 돌아가던 배트가 멈춘 것은 피칭 머신의 공이 모두 소비되고 나서였다.

"휴우. 확실히 마법의 드링크 버프가 끝나니까 몸이 축 처지는 것 같네."

조금은 피곤한 몸을 이끌고 피칭 머신으로 다가간 민우가 피칭 머신의 작동을 멈췄다.

그리고 바로 옆, 이동식 펜스에 걸린 수건으로 얼굴을 타고 흐르던 땀을 훔쳤다.

'아직은 부족해.'

매일같이 반복되는 훈련에서 민우가 중점적으로 신경 쓰고 있는 부분은 스트라이드로 타이밍을 잡는 부분이었다.

브렌트의 가르침으로 레그 킥이 파워에 그리 영향을 주지 않는 것을 깨달은 뒤로부터 매일같이 반복되는 훈련이었고 올스타 브레이크라고 해서 쉴 생각은 전혀 없는 민우였다.

'타격 자세의 완성이 곧 메이저리그로 가는 길을 단단히 다지는 것이니까.'

똑똑!

자신이 때려낸 공들을 열심히 주워 담던 민우의 귓가에 노크 소리가 들려왔다.

고개를 돌려보니 실베리오가 미소를 지은 채 민우를 바라보고 있었다.

"훈련하러 온 거야?"

민우의 물음에 실베리오가 고개를 저었다.

"모처럼 만의 휴가인데 조금은 여유를 가지라고. 이 훈련 중독아."

"뭐야. 겨우 그 말하려고 온 거야?"

민우가 어이없다는 표정을 지으며 바라보자 실베리오가 입가의 미소를 더욱 진하게 그리며 말했다.

"그럴 리가. 널 찾아온 손님이 있더라고. 아주 예~ 쁜 손님이. 흐흐흐."

'벌써?'

민우는 실베리오의 음흉한 웃음소리를 무시한 채 실내 연습장에 걸린 시계를 바라봤다.

'9시 40분도 안 됐는데… 인터뷰가 중요하긴 한가 보네.'

생각을 마친 민우가 실베리오에게 다가갔다.

"무슨 생각을 하기에 그런 음흉한 미소를 짓는지 모르겠다만, 네가 생각하는 그런 관계는 아니란다."

"흥, 내가 그 말을 믿을 줄 알고?"

민우의 부정에도 실베리오는 자신의 생각을 굽힐 생각이 없어 보였다.

그 모습에 고개를 절레절레 젓던 민우가 묘한 웃음을 지으며 실베리오를 바라봤다.

"정 그렇게 원하면, 내가 소개해 줄게."

"뭐? 진짜로?"

예상치 못한 민우의 제안에 실베리오의 눈이 동그랗게 뜨여졌다.

"대신."

민우는 그 모습에 대답 대신 하나의 조건을 덧붙였다.

"여기 흩어진 공을 깨끗이 정리한다면, 내가 소개를 해주지. 싫으면 하지 않아도 돼. 콜?"

할 말을 다 했다는 듯 민우가 실내 연습장을 빠져나갔다.

얼굴에 미소를 지은 채 민우의 말을 듣던 실베리오가 뒤늦게 뒤를 돌아보고는 충격을 받은 듯 어깨를 푹 수그리고 말았다.

'도대체 언제부터 시작한 거야?'

실베리오의 눈에는 피칭 머신 뒤쪽으로 가득 떨어져 있는 수많은 야구공이 비치고 있었다.

*　　　*　　　*

민우는 곧장 경기장에 자리한 카페테리아로 나갔다.

카페테리아에는 테이블이 여기저기 놓여 있었는데 저 멀리 그늘진 곳에 자리를 잡고 노트에 무언가를 끄적거리는 아름이 보였다.

아름을 발견한 민우가 종종걸음으로 아름이 자리를 잡은 테이블로 다가갔다.

"이아름 기자님?"

인기척과 함께 자신을 부르는 목소리가 들리자 아름이 머리를 쓸어 올리며 고개를 들었다.

"아! 강민우 선수! 여기 앉아요."

민우를 발견한 아름이 환한 웃음을 보이며 민우를 반겼다.

그 모습에 잠시 머뭇거린 민우가 천천히 맞은편에 자리를 잡고 앉았다.

민우의 모습을 잠시 바라보던 아름이 먼저 입을 열었다.

"모처럼 만의 휴가인데, 아침부터 훈련한 거예요?"

"예. 뭐, 휴가라고 마냥 쉬면 남들한테 뒤처질 테니까요."

민우의 단호한 대답에 아름이 고개를 끄덕거렸다.

"좋은 마음가짐이긴 한데, 그래도 쉴 때는 쉬어주는 게 좋아요."

'인터뷰 하러 온 거… 아니었나?'

뜬금없는 아름의 조언에 민우가 무슨 의미냐는 표정을 지었다.

그 모습에 아름이 방긋 웃으며 천천히 입을 열었다.

"강민우 선수, 제가 알아본 바로는 중고교는 일반 고등학교를 다녔더군요. 한 시즌을 온전히 뛰어본 적은 한 번도 없죠?"

아름의 물음에 민우가 천천히 고개를 끄덕였다.

"예, 아직은 한 번도 없습니다."

"그럼, 본인의 체력에 대해서는 확실히 파악을 하지 못했겠군요?"

"그렇긴 합니다만, 최근 들어서는 딱히 벅차다고 느낀 적이 없어서 신경 써본 적은 없습니다."

'사실 남은 체력이 눈에 훤히 보이거든요.'

대답을 하며 민우는 시야 한쪽에 보이는 체력 바를 잠시 바라봤다.

그 사실을 모르는 아름이 진지한 표정을 지으며 말을 이어
나갔다.

"사실, 이건 굉장히 중요한 거예요. 한 번도 풀타임 시즌을
뛰어본 적이 없는 선수들은 자신의 체력이 어느 정도인지 정
확히 알지 못하니까요."

아름의 말에 민우가 어색한 웃음을 지었다.

'난 내 체력에 대해 잘 아는데……. 뭐, 다 날 생각해서 해
주는 말일 테니까.'

민우의 표정 변화에도 아름은 거침이 없었다.

"제 말이 거북하더라도 이건 강민우 선수 같은 신인 선수에
게 꼭 필요한 거예요. 아무리 뛰어난 선수라도 체력 안배를
제대로 하지 못하면 시즌이 지날수록 하락세에 접어들게 되는
게 보통이거든요. 지금 민우 선수가 맹활약을 이어가고 있지
만, 체력에 대해 안배를 잘 하지 않는다면 후반기에는 지금과
는 전혀 다른 모습을 보일 수도 있어요."

조금 전까지 장난기가 가득하던 아름이었는데, 지금은 선생
님처럼 진지한 모습을 보이고 있으니 약간의 괴리감이 느껴졌
다.

'그래도 날 생각해 주는 건가? 나랑 관련도 없는 사람이 날
이렇게 생각해 준다는 건… 조금 어색하네.'

"줄여서 말하자면, 적절한 훈련을 통한 체력 안배가 있어야

실전에서 자신이 가진 힘을 제대로 쓸 수 있다는 거예요. 무슨 말인지 알겠죠?"

가볍게 자신의 말을 요약한 아름이 방긋 웃어 보였다.

"무슨 말씀이신지 잘 알겠습니다. 생전 처음 보는 사인데, 이렇게 걱정해 주시니 몸 둘 바를 모르겠네요."

민우가 어색한 미소를 보이며 대답하자, 아름이 어깨를 푹 수그리며 급 섭섭하다는 표정을 지어 보였다.

"그래요? 나는 강민우 선수를 잘 아는데요?"

"예에? 절 아신다고요? 혹시 저희가 어디서 본 적이 있나요?"

아름의 말에 민우가 깜짝 놀라며 목소리 톤이 자기도 모르게 올라갔다.

"풉. 아뇨. 사실 강민우 선수가 한국에 있을 때부터 관심을 가지고 지켜봤었거든요. 강민우 선수에 대한 기사도 썼었는데, 한 번도 못 봤나 봐요?"

아름은 그 말과 함께 이럴 줄 알았다는 듯이 서류 가방에서 A4용지에 출력해 온 기사를 민우에게 내밀었다.

"자랑하는 건 아닌데, 제가 강민우 선수를 알아보고 기사를 쓴 유일한 사람이에요. 호호."

뒤이은 아름의 말에 다시 한 번 놀란 민우가 빠르게 기사를 읽었다.

'LC에서 신고 선수로 뛰던 때부터 나에게 관심을 가지고 기

사를 썼구나. 이거 참, 고마운데 쑥스럽네.'

한 번도 보지 못했던 기사였지만, 그때부터 자신에게 관심을 가지고 미국까지 날아왔다는 것과 자신에게 조언까지 해 주는 모습에 민우는 자신도 모르게 아름에 대한 신뢰가 쌓이고 있었다.

"저에 대한 관심 때문에 미국까지 날아오신 겁니까?"

민우의 물음에 아름이 애매한 표정을 지어 보였다.

"음… 반은 맞고, 반은 틀렸어요."

애매한 표정에 이은 애매한 대답에 민우는 가만히 아름이 말을 이어가기를 기다렸다.

"사실 싱글A 선수에 대한 기사는 대중의 관심을 끌기가 힘들어요. 강민우 선수가 평범하게 미국으로 진출해서 그저 그런 활약을 하고 있었다면, 저는 아마 미국에 올 수 없었을 거예요. 멀리서 지켜볼 수밖에 없었겠죠."

아름의 말에 민우가 잠시 자신의 기록을 되돌아봤다.

타율 0.515, 홈런 10개. 출루율과 장타율을 합친 OPS는 무려 1.689라는 어마어마한 수치였다.

보통 OPS가 1.0만 넘어도 특급 타자라고 인정을 받는다는 것을 생각하면 특급을 넘어 괴수 정도의 기록이라고 할 수 있었다.

여기에 타자로서 기록할 수 있는 최고의 업적인 사이클링 히트까지 달성한 상태였다.

민우도 어제 막 자신의 기록을 확인하고는 진심으로 놀랐을 정도였다.

'능력치에 더해 버프랑 아이템의 효과를 톡톡히 봤지.'

리그에 참여한 지 한 달이 채 안 되는 기간 동안의 기록이었고 규정타석에도 미치지 못했기에 표본으로서의 가치는 부족했지만 짧은 기간을 감안하더라도 실로 압도적인, 탈 마이너리그급 기록이라고 할 수 있었다.

'에이전트가 날 직접 찾아온 이유도 이런 기록을 알아봤기 때문이겠지?'

자연스레 수긍이 되며 고개가 끄덕여졌다.

"강민우 선수는 리그를 지배하는 활약에 더해서… 인간 승리라는 드라마의 주인공이기도 하니까요."

아름은 민우의 생각보다 민우에 대해 많은 것을 알고 있는 듯한 모습이었다.

'인간 승리의 드라마라… 이런 얘기가 나올 거라곤 생각조차 못했는데.'

아픈 과거가 주마등처럼 떠올라 민우의 가슴을 울렁이게 만들었다.

어두워진 민우의 표정에 아름이 아차 싶은 얼굴로 사과를 표했다.

"아픈 기억을 떠올리게 한 점은 정말 미안해요. 진심으로 사과드릴게요."

아름의 사과에 민우가 천천히 고개를 들어 그녀의 얼굴을 살폈다.

그녀는 당황한 표정과 함께 진심으로 미안한 눈빛을 보내고 있었다.

'미인은 죄를 지어도 예쁘다더니……'

"괜찮습니다. 지금은 지금 나름대로 충분히 행복한 나날을 보내고 있으니까요. 그럼 저와의 인터뷰 기사에 그 내용도 담기는 겁니까?"

민우의 덤덤한 물음에 아름이 조심스럽게 고개를 끄덕거렸다.

"강민우 선수만 허락해 준다면요. 강민우 선수의 기사가 한국에 나간다면 꽤나 반향을 불러일으킬 거라 생각하고 있어요. 사고로 그만뒀던 야구를 10년 만에 다시 시작했고, 방출의 아픔까지 이겨내고 메이저리그에 재차 도전하는 강민우 선수의 모습은 많은 사람에게 큰 울림을 줄 거예요."

아름은 자신의 생각에 확신에 찬 표정을 지으며 민우를 바라봤다.

"그리고… 전 단편성 기사로 내보낼 생각이 아니라 강민우 선수가 메이저리그를 정복하는 날까지 일기 형식으로 기사를 쓸 생각이에요."

아름의 당돌한 선언에 민우가 약간은 놀랐다는 듯 커진 눈동자로 아름을 바라봤다.

'마치 내가 당연히 메이저리그에 올라갈 거라고 생각하고 있는 것 같네.'

"그 말은… 수시로 미국에 오신다는 말씀이신가요?"

"그랬으면 좋겠지만… 비행기 표가 워낙에 비싸서요. 자주는 오지 못할 것 같아요. 그래도 괜찮아요. 우리에겐 문명의 이기가 있으니까요."

민우의 물음에 아름은 피식 웃어 보이며 손에 든 휴대폰을 흔들어 보였다.

그 모습에 민우가 어색한 표정을 짓자 아름이 설마 하는 표정으로 물었다.

"혹시, 아직 휴대폰도 만들지 않은 건가요?"

민우는 말없이 고개를 끄덕였다.

그 모습에 이마를 탁 짚은 아름이 자리에서 벌떡 일어났다.

"지금까지 휴대폰도 없이 어떻게 살았어요? 어머니랑은 어떻게 연락하고 있는 거예요? 설마 공중전화?"

속사포처럼 내뱉는 아름의 말에 민우가 어색한 미소를 지으며 고개를 끄덕거렸다.

"별로 불편한 걸 못 느껴서… 안 그래도 오늘 만들러 갈 생각이었습니다."

"그래요? 그럼 일단 휴대폰부터 만들죠."

"예? 인터뷰는 안 하나요?"

민우가 어리벙벙한 표정으로 묻자 아름이 고개를 저었다.

"쇠뿔도 단김에 빼라잖아요. 오늘 바쁜 일 없죠?"

"예, 뭐… 훈련은 해야 하는데……."

"그럼 빨리 갔다 와요. 내가 태워다 줄 테니까."

아름은 그렇게 통보를 해버리고는 빠르게 주차장으로 걸음을 옮기기 시작했다.

'기자가 하라는 인터뷰는 안하고 자꾸 뭘 챙겨주려고 하네. 이상해, 이상해~'

어떨 때는 사람을 두근거리게 하더니, 어떨 때는 누나처럼, 지금은 또 여동생처럼 귀여워 보였다.

잠시 그 모습을 멍하니 바라보고 있던 민우가 피식 웃으며 고개를 절레절레 저었다.

'누나랑 여동생이 있었다면… 저런 모습이었을까?'

"뭐해요. 빨리 안 오고."

"예! 갑니다! 가요!"

아름의 부름에 민우가 잽싸게 일어나 주차장 쪽으로 발걸음을 옮겼다.

그리고 그들이 떠난 지 얼마 되지 않아 누군가가 헐레벌떡 밖으로 튀어나와 주변을 살피기 시작했다.

이리저리 뛰어다니던 인영은 원하는 것을 찾지 못한 듯 계속 주변을 두리번거리다가 소리를 지르기 시작했다.

"민우! 민우 어디 있어! 나 공 다 치웠다고! 이제 여자 소개해 줘!! 민우-우!!"

"아오~ 시끄러. 실베리오! 왜 이렇게 소리를 질러대는 거야. 민우라면 어떤 여자랑 차타고 나갔으니까 소리 좀 그만질러."

어디선가 나타난 가르시아가 귀가 아프다는 듯 인상을 찡 그리고는 말을 내뱉으며 지나갔다.

"뭐? 뭐? 여자랑? 단 둘이?"

실베리오는 충격을 받은 듯 멍한 표정을 짓다가 몸을 부들부들 떨기 시작했다.

"날 속이다니! 혼자서 데이트를 하러 가다니!! 이 배신자!! 나쁜 놈! 나도 데려가라 이놈아!"

실베리의 간절한 외침은 허공에 흩어져 사라졌고, 되돌아오지 않는 대답에 실베리오는 결국 제자리에 털썩 주저앉고 말았다.

＊　　　＊　　　＊

해가 중천을 서서히 지나가고 있을 시각.

끼이익!

텅 빈 주차장으로 소형차 한 대가 들어와 멈춰 섰다.

차에서 내린 이들은 민우와 아름이었다.

민우의 손에는 빤짝거리는 네모난 물체가 들려 있었다.

삑삑!

차 문을 잠근 아름이 민우를 바라보며 웃음을 날렸다.

"사니까 좋죠?"

"예, 좋네요. 코코아톡이라는 것도 신기하고."

민우가 어색하게 웃으며 휴대폰을 만지작거리는 모습을 바라보던 아름이 본론으로 들어갔다.

"앞으로 그거로 자주 연락 주고받아요. 그럼 이제, 본격적으로 인터뷰하러 갈까요?"

*　　　*　　　*

빠르게 진행된 인터뷰는 어느덧 막바지에 이르렀다.

"마지막으로 한국의 팬들에게 한 말씀해 주세요."

아름이 녹음기를 내밀며 요구하는 말에 민우가 어이가 없는지 허탈한 웃음을 지었다.

"한국의 팬이요? 벌써 제 팬이 생겼나요?"

민우의 농담에 아름이 혀를 빼꼼 내밀며 웃음을 지었다.

"지금은 없어도 기사가 나가면 많이 생길걸요? 그러니까 얼른 뭐라도 말해봐요. 어서요."

자꾸만 보채는 아름의 모습에 피식 웃어 보인 민우가 잠시 고민을 하고는 천천히 입을 열었다.

"한국에 계신 많은 야구팬 여러분. 저를 처음 보는 분들이 대다수이실 겁니다. 지금은 비록 마이너리그에서도 하이 싱글A에 불과하지만 앞으로 제 모든 것을 쏟아 부어서 좋은 모습, 좋은 결과로 보여드리겠습니다. 야구 잘하는 한국인 메이저리거가 되어서 TV를 통해 한국에 자랑스러운 모습을 보여드릴 테니, 앞으로 저 강민우를 많이 응원해 주시면 감사하겠습니다."

말을 마친 민우가 턱을 슥 그으며 신호를 보냈다.

삑!

아름은 녹음기의 정지 버튼을 누르고는 기다렸다는 듯이 말을 쏘아대기 시작했다.

"에이, 뭐 이렇게 멘트가 재미가 없어요? 호기롭게 '올해 안에 메이저리그 간다'든가 '목표는 홈런왕'이라든가 하는 말이라도 해야지. 다시 할래요?"

아름이 심심하다는 듯한 표정으로 건네는 말에 민우가 고개를 저었다.

"아뇨. 하고 싶은 말은 다 했습니다. 제가 뭐 유명해지겠다고 야구하는 건 아니니까요. 결과로 말씀드리겠다. 이거면 충분합니다."

"흐으응……. 그래요, 그래요. 그럼 그건 제가 잘 버무릴게요. 그런데… 메이저리그로 올라갈 자신은 있는 거죠?"

아름의 미심쩍다는 눈빛에 민우가 진지한 표정으로 천천히 고개를 끄덕였다.

"메이저리그에 도전하기 위해 이곳에 온 거니까요."

"좋은 자세예요. 이것도 기사에 담을게요."

"이제 가시는 겁니까?"

민우의 물음에 아름이 눈을 동그랗게 뜨며 되물었다.

"가요? 어딜요?"

"인터뷰 끝났으니 용무는 다 보신 거 아닌가요?"

"와……. 자기 인터뷰하겠다고 미국까지 날아온 사람한테 용건 끝났으니 가라 이거에요? 흥, 알았어요. 갈게요."

아름은 과장되게 실망한 표정으로 짐을 들고 자리에서 일어서더니 몸을 획 하고 돌렸다.

삐친 척이 너무나도 티 나는 모습에 민우가 피식 웃으며 아름의 팔을 붙잡았다.

그러자 기다렸다는 듯, 걸음을 멈춘 아름이 퉁명스럽게 말했다.

"왜요? 잡지 마요!"

"농담이었습니다. 바쁘신 거 아니면 훈련하는 것도 좀 보다 가세요."

민우의 제안에 아름이 살며시 몸을 돌리더니 귀엽게 웃어 보였다.

"그럴까요? 헤헤."

냉큼 돌아선 아름이 혀를 내밀며 빠르게 그라운드로 달려 내려갔다.

민우는 그 모습에 웃음을 지은 채 고개를 절레절레 저은 뒤, 빠르게 그 뒤를 따라 내려갔다.

'보면 볼수록 귀엽단 말이야.'

　　　　*　　　　*　　　　*

　〈'빅리그 승격에 모든 것을 걸었다' LA다저스 산하 마이너리그
특급 유망주, 5할 타자 강민우를 만나다.〉

　캘리포니아 샌 버나디노, 미국.

　10년이라는 야구 공백이 무색하게 재능을 뽐내며 3할 타율에
사이클링 히트를 아쉽게 놓쳤던 선수가 있었다.

　2010년, LC트윈스에 신고 선수로 입단해 맹활약을 이어가다
홀연히 사라진 강민우가 그 주인공이다.

　이 선수가 LC트윈스에서 방출되며 사라진 뒤 다시 나타난 곳
은 놀랍게도 LA다저스 산하 마이너리그 하이 싱글A 팀인 인랜드
엠파이어 식스티 식서스였다.

　6월 현재, 그가 이곳에서 기록하고 있는 성적은 가히 놀라울
따름이다.

　팀에 합류한 뒤 치른 18경기에서 타율 0.515, 홈런 10개.
OPS(출루율+장타율) 1.689이라는 기록에 사이클링 히트까지 달
성하며 가히 폭주 기관차와 같은 활약을 하고 있어…(중략)… 메
이저리거라는 꿈을 향해 머나먼 타국에서 굵은 땀방울을 흘리고
있는 강민우 선수를 식스티 식서스의 홈구장인 애로우헤드 크레
딧 유니언파크에서 만났다.

　올스타 브레이크 기간임에도 열정적으로 훈련에 매진하고 있

던 그는 몬스터 스포츠 뉴스와의 인터뷰에서 그동안 가슴속에 담아두었던 야구를 향한 꿈과 열정, 그리고 고민을 모두 쏟아냈다.

▲LC트윈스에서 방출을 당했다고 들었다.

—지난 5월, LC트윈스에서 신고 선수로 활동하던 중, 일방적으로 방출 통보를 받고 팀을 나올 수밖에 없었다. 자세한 이유는 알 수 없었다.

▲미국엔 어떻게 오게 됐나?

—한국에 있던 스카우터의 눈에 띄게 되어 일사천리로 계약서에 도장을 찍고 미국으로 바로 넘어왔다.

(중략)

▲마지막으로 한국의 팬들에게 한마디 부탁한다.

—한국의 많은 야구팬에게 강민우라는 이름은 생소할 것이다. …(중략)… 최종 목표는 다치지 않고 건강하게 올해 안에 메이저리그에 입성하는 것이다. 앞으로 많이 응원하고 지켜봐 달라.

이제 막 출발선을 떠난 강민우 선수이지만 밝은 미소만큼이나 꾸준한 훈련으로 지금까지 의미 있는 성과를 보이고 있다.

우리에게 보여준 자신감과 포부처럼 앞으로 더 발전된 모습으로 거친 마이너리그 경쟁에서 살아남아 메이저리그에 우뚝 서길 기대해 본다.

대한민국 No.1 스포츠뉴스, MonsterSportsNews.

이아름 기자

대형 포털 스포츠면 메인 화면에 게재된 기사는 사람들의 이목을 끌기에 충분했다.

한국인에게 친숙한 LA다저스에 특급 유망주와 5할 타자라는 수식어가 붙은 제목은 스포츠 뉴스를 뒤적거리던 사람들의 클릭을 자연스럽게 유도했다.

그리고 기사를 읽은 사람들은 하나같이 놀라움을 표하며 다양한 댓글을 달기 시작했다.

─패기 보소. 올해 안에 메이저리그 입성이라니.

ㄴ그런데 성적만 보면 왠지 일 제대로 낼 거 같음.

─와. 얜 어디서 튀어나온 애야? 타율 5할? OPS도 1.0도 아니고 1.6은 사기잖아.

ㄴ그거뿐이냐? 사이클링 히트도 있잖아. 완전 미친 거지.

ㄴ심지어 10년 동안 야구 안함ㅋ 괴물인정ㅋ

─더블A까지는 가봐야 알지. 싱글A면 우리나라 2군보다 수준 낮지 않냐?

ㄴ작성자 뭘 모르네. 우리나라 2군=루키 수준이고 싱글A는 장난 아니다. 구속 150 찍는 애들도 수두룩하고. 그런 공

때려서 5할이면 국내리그도 씹어 먹음.

ㅡ우리나라 스포츠 유망주들은 군대가 발목을 잡지. 얘도 비슷한 케이스 될 듯.

ㄴ그러네. 보니까 군대는 안 갔다 온 거 같은데? 아시안게임 엔트리에 들어가긴 힘들겠지?

ㄴ며칠 전에 예비 명단 발표됐으니 물 건너간 거지.

ㄴ올림픽 야구도 없어지고, WBC도 군 면제 없어지고. 남은 건 2014 아시안게임밖에 없구나.

ㅡLC트윈스는 무슨 생각으로 얘 방출한 거냐?

ㄴ저거 다 탈C효과 아니냐? ㅋㅋ

ㄴ아닌데? 타율 3할이라고 쓰여 있잖아.

ㄴ그러게. 나가야될 애들은 눌러앉아 있고 멀쩡한 애는 쫓겨나네. 더러운 세상.

ㅡ(성지예약) 강민우 2010년 40인 로스터 합류로 메이저리그 데뷔한다. 손모가지 검.

ㄴ아그야~ 오함마 가져와라.

ㄴ위에 뭐래? 올해 캠프 폼 완전 무너졌고, 유망주도 개판이라 치고 올라갈 타이밍인거 모름?

이 외에도 수많은 댓글이 실시간으로 달리며 야구팬들의 뇌리에 강민우라는 이름이 자리 잡게 되었다.

기사를 접한 LC트윈스의 프런트에 잠시 혼란이 일었지만 싱글A에서의 반짝 활약이라고 폄하하며 애써 무시하며 넘기는 분위기였다.

하지만 다른 구단에서 민우를 보기 위해 스카우터를 파견했다는 첩보를 접하고는 부랴부랴 LC에서도 스카우터의 파견을 지시하는 모습을 보였다.

*　　　*　　　*

올스타 브레이크.

휴가를 떠나지 못한 선수들이 올스타전 시간에 맞춰 라커룸에 두런두런 모여앉아 TV를 보고 있었다.

TV에는 해치가 타석에 들어서는 모습이 잡히고 있었다.

라커룸에 모여 있던 선수들이 그 모습에 흥분하며 해치에게 들리지 않을 응원을 열심히 하기 시작했다.

"오오! 해치다 해치!"

"홈런 한 방 날려라!"

"식서스의 힘을 보여줘라!"

따악!

ㅡ아~ 해치 선수가 때려낸 타구가 높게! 멀리! 펜스를~

경쾌한 타격음과 캐스터의 목소리가 높아지기 시작했고, 동시에 카메라 앵글이 하늘로 뻗어나가는 타구를 쫓아갔다.

그 모습에 TV를 바라보고 있던 이들이 일제히 주먹을 쥐며 화면에서 눈을 떼지 못하고 있었다.

―넘어~ 갑니다! 해치 선수의 스리런 홈런! 캘리포니아 올스타 팀이 다시 역전에 성공합니다.

"나이스 홈런!"

"좋아!! 해치 대박!"

"역시 우리 주장이야!"

"내년에는 우리도 올스타전에 나가자고!"

선수들은 해치의 타구가 펜스를 넘어가자 자리에서 일어나 하이파이브를 나누거나, 껴안는 등의 행동을 보이며 격하게 기쁨을 표출했다.

선수들은 그렇게 올스타전에 나가지 못한 아쉬움을 달래고 있었다.

털썩!

선수들과 함께 환호성을 내지르던 민우는 해치가 홈 플레이트를 밟고 화면 밖으로 사라지는 것을 보고 소파에 몸을 파묻었다.

코톡!

'응?'

코코아톡 알림이 울리는 소리에 민우가 주머니에 넣어두었던 휴대폰을 꺼냈다.

—이아름 기자 : 강민우 선수, 기사 올라온 거 봤어요? 생각보다 반응이 꽤 괜찮아서 다행이에요. 아, 그리고 미국 팬들이 많은 것 같아서 영문으로 번역하고 조금 각색해서 마이너리그 홈페이지에도 게시했으니까 확인해 보세요.

'이아름 기자님이구나. 기사가 나왔나 보네.'

메시지의 내용을 확인한 민우가 스마트폰의 인터넷 브라우저를 켜고는 자신의 기사를 검색하기 시작했다.

'바로 나오는구나.'

포털 사이트에 이름을 검색하자 바로 맨 위에 민우의 기사가 떠 있었다.

'어디보자.'

빠르게 기사를 읽어 내려가던 민우의 눈은 어느 한 부분에 이르자 함지박만 하게 커졌다.

…최종 목표는 다치지 않고 건강하게, 올해 안에 메이저리그에 입성하는 것이다.

패기 넘치게 작성된 문구에 민우는 식은땀을 삐질 흘리며 어색한 웃음을 지어 보였다.

'올해 안에 라니… 어휴. 적당히 버무린다더니, 과장을 심하게 하셨네. 악플이 없는 게 신기하네.'

민우는 빠르게 코코아톡을 켜고는 아름에게 메시지를 보냈다.

이아름 기자님. 제가 메이저리그에 올라갈 자신이 있다고는 했지만 올해라고 한 적은 없는 것 같은데요.

메시지를 보내고 얼마 뒤, 날아온 답장을 확인한 민우가 피식 웃으며 고개를 저었다.

―이아름 기자: 어어. 전송이 안 되네. 전송이……
―이아름 기자: 상대방의 통신 상태가 좋지 않아 연결할 수 없습니다.

*　　　*　　　*

올스타 브레이크 마지막 날.

입단과 함께 받았던 일정표의 뒷부분을 뒤늦게 확인한 민우가 질린 듯한 표정을 짓고 있었다.

'뭐야? 휴식일이 왜 이렇게 없지?'

인랜드 엠파이어 식스티 식서스는 후반기 시작과 함께 휴식일 없이 19경기를 달려갈 예정이었다. 이후 단 하루의 휴식 뒤 다시 12경기를 쉼 없이 달려가야 하는 고난의 행군이었다.

라커룸에서 TV를 보며 시간을 때우고 있던 실베리오는 옆자리에 앉은 민우의 표정이 이상하게 변하자 고개를 스윽 들이밀었다.

민우가 보고 있는 것이 일정표임을 확인한 실베리오가 피식 웃어 보였다.

'나도 처음 마이너리그에 합류했을 때 저런 표정을 지었었지. 후후.'

"민우, 설마 일정표를 이제 확인한 거야?"

"어. 6월 것만 확인하고 덮어놨었거든. 그런데, 이 정도로 지옥일 줄은 몰랐다. 어떻게 쉬지도 않고 맨날 경기를 하냐? 미국은 원래 월요일에도 경기를 하는 거야?"

민우의 걱정스런 목소리에 실베리오가 고개를 끄덕였다.

"응. 마이너리그든 메이저리그든 따로 정해진 휴일은 없어. 경기 일정에 따라 휴식일이 생기고 말고가 정해지는 거지. 만약에 예정된 경기가 취소되면 다음 날 더블헤더로 경기를 치르기도 하니까 체력이 엄청 중요하지."

실베리오의 말에 민우의 뇌리에 아름의 조언이 떠올랐다.

'체력 안배가 중요하다고 했지? 마이너리그의 일정을 미리 알아보고 이야기를 해준 거였나.'

민우가 생각에 빠진 듯하자 실베리오가 민우가 알지 못했던 사실들을 털어놓기 시작했다.

"그래도 민우 너는 다행인거야. 6월이 다 되어서 합류했으니까. 덕분에 전반기에 북부 리그랑 교류전 일정을 다 피했잖아."

"그래 봐야 같은 리그니까… 버스타고 두어 시간 가는 거 아니야?"

민우가 별것 아니라는 투로 묻자 실베리오가 고개를 절레절레 혼들었다.

"같은 리그지만 왜 북부 리그랑 남부 리그로 나눠놨겠어. 거기까지 가는 게 얼마나 힘든 줄 알아? 북부 리그 팀 중에 스톡턴 포츠(stockton ports)만 예로 들어도 버스로 6시간을 넘게 달려가야 된다고! 거기서 갓 합류한 루키들이 다 녹초가 되어가지고 전반기에 우리가 엄청 죽 쑨 거야."

6시간이라는 말에 민우의 눈이 휘둥그레 떠졌다.

"뭐? 6시간? 그 정도면 비행기타고 가야되는 거 아니야?"

민우의 놀란 목소리에 실베리오가 한숨을 푹 쉬고는 입을 열었다.

"민우야. 여긴 메이저리그 아니야. 트리플A라면 또 모르겠지만, 밥값도 쥐꼬리만큼 주는데 비행기를 태워주겠어?"

실베리오의 대답은 놀랍지만 당연한 이야기였다.

민우가 멍한 표정으로 굳어 있자 실베리오가 그런 민우의 어깨를 두드려 주었다.

"그래도 넌 걱정할 거 없어. 후반기엔 교류전 원정은 시즌 말미에 몰려 있으니까."

"실베리오. 네 차례야."

"오케이."

실베리오는 자신의 차례가 되자 배트와 헬멧을 챙겨 배팅케이지 안으로 들어갔다.

'교류전은 시즌 말미라고 해도… 19연전에 하루 쉬고 12연전 같은 걸 해본 적이 없으니까 문제지.'

홀로 남은 민우는 시야 한편에 자리한 체력 게이지를 바라봤다.

'6월에는 쉬는 날이 많아서 체력 회복엔 문제가 없었는데, 이거 후반기에 잘못하면 퍼질지도 모르겠네.'

민우의 조그마한 걱정을 뒤로한 채 올스타 브레이크가 빠르게 지나갔다.

제3장

루키 길들이기

  인랜드 엠파이어 식스티 식서스는 전반기 우승을 뒤로 한
채 후반기 일정에 돌입했다.

  식스티 식서스의 첫 일정은 버스를 타고 한 시간 거리에 있
는 하이 데저트 메버릭스와의 원정 4연전이었다.

  하이 데저트 메버릭스의 홈구장인 스테이터 브로스 스타디
움(Stater Bros. Stadium)은 해발 3,000피트(914m)에 위치한 지
리적 요인으로 공기의 저항이 적어 장타가 많이 나오는 타자
친화적인 구장으로 익히 알려져 있었다.

  단점으로는 사막 한가운데에 지어져 주변에 이렇다 할 시설
이 없는 탓에 원정 경기를 온 팀은 경기가 끝나면 경기장 근

처의 숙소에서 심심한 시간을 보내야만 했다.

"여기는 올 때마다 느끼는 거지만 애들은 도대체 무슨 생각으로 경기장을 사막 한가운데 지었는지 모르겠단 말이야."

더그아웃에 달린 선풍기 앞에 자리를 잡은 갤러거의 선창에 다른 선수들이 기다렸다는 듯이 불만을 내뱉기 시작했다.

"그러게. 여기 올 때마다 아주 죽겠다. 경기 전에 훈련하는 것도 힘드니까."

"바람이라도 많이 불어봐. 경기 끝나고 나면 입안이 다 텁텁하더라."

그 광경을 바라보던 민우 역시 표정이 좋지 않기는 마찬가지였다.

'나만 힘든 건 아니었나 보네.'

민우 역시 홈에서 버스에 올라탈 때와 달리, 이곳에 도착해서 버스의 문을 나서는 순간 극명하게 느껴지는 사막의 공기에 기가 질려 있는 상태였다.

"민우, 너는 괜찮아? 한국의 여름이 그렇게 뜨겁다면서?"

실베리오의 물음에 민우가 고개를 저었다.

"아니, 나도 더워 죽을 거 같아. 내 생각엔 애들, 전략적으로 경기장을 지은거야. 원정 팀 선수들을 말려 죽이려고 말이지. 분명해."

민우의 농담에 실베리오가 낄낄거리더니 몸을 돌려 냉풍기를 향해 다가갔다.

이미 냉풍기 주변에 있던 많은 선수가 실베리오의 합류에 공기가 뜨거워지자 비명을 내지르고 있었다.

'오늘 경기… 잘 할 수 있을까?'

그런 민우의 걱정을 뒤로한 채 후반기 첫 경기가 시작되었다.

"플레이볼!"

경기 시작을 알리는 주심의 사인과 함께 식스티 식서스의 선공이 이루어졌다.

해는 이미 거의 넘어간 상태였지만 선수들은 아직 사막의 더위에 적응하지 못한 듯, 몸놀림이 꽤나 무거워 보였다.

그 모습에 민우가 걱정스런 눈빛을 띠었다.

'이거 3이닝 정도는 지나야 다들 정신 차리겠는데?'

그리고 경기는 민우의 예상대로 돌아가기 시작했다.

"아웃!"

"아웃!"

"스트라이크 아웃!"

무더운 날씨 탓인지 식스티 식서스의 타선은 좀처럼 공을 때려내지 못하며 무기력하게 3개의 아웃 카운트를 헌납하고 말았다.

순식간에 1회가 지나가고 2회 초가 되었다.

상대 선발은 지난 번 민우가 사이클링 히트를 기록할 때,

만루 홈런과 1루타, 2루타를 헌납했던 투수, 캐러웨이였다.

민우가 타석에 들어서 천천히 자리를 잡는 사이, 메버릭스의 포수는 3루 코치를 힐긋 바라보며 무언가 사인을 전달받고 있었다.

배터 박스에 자리를 잡은 민우는 포수가 고개를 끄덕이며 뒤늦게 자리에 앉는 모습에 고개를 갸웃거렸다.

'내 타석에 무언가 지시를 받았는데? 뭐지?'

민우의 궁금증은 잠시 후에 사연스럽게 풀어졌다.

슈욱!

팡!

"볼!"

캐러웨이의 초구는 바깥쪽에서 크게 휘어져 들어와 아래로 빠지는 커브였다.

너무나도 크게 빠져나가는 공에 민우는 배트를 움찔 하지조차 않았다.

슈욱!

팡!

"볼!"

2구는 스트라이크존에서 살짝 빠지는 패스트볼이었다.

'1회에는 제구가 제법 되는 모습이었는데, 흔들리는 것 같지는 않고……. 날 피하는 건가?'

민우는 고개를 갸웃하며 캐러웨이를 바라봤지만, 그의 표정에는 제구가 흔들릴 때 보이는 불안과 같은 감정이 느껴지지 않았다.

잠시 캐러웨이를 바라보던 민우가 다시 배터 박스에 자리를 잡고 3구를 기다렸다.

이윽고 사인을 교환한 캐러웨이가 빠르게 공을 뿌렸다.

슈욱!

3구는 스트라이크존의 높은 쪽에서 살짝 바깥으로 빠지는 듯한 궤적으로 날아오고 있었다.

그 모습에 민우가 배트를 움찔할 뻔했으나 때려도 좋은 타구가 나오지 않으리라는 판단에 공을 그냥 흘려보냈다.

팡!

'3구 연속 존 바깥으로 날아오는 공이야. 좋은 공을 주지 말라는 지시였나 보군.'

민우가 공에 대해 판단을 내리는 사이,

"스트라이크!"

주심은 고민 없이 한 손을 들어 보이며 스트라이크 콜을 외쳤다.

'에? 이걸 잡아주는 거야?'

민우의 눈에는 바깥쪽으로 공이 반 개 정도는 빠진 것으로 보였기에 주심을 돌아봤지만, 주심은 민우에게 시선조차 주지 않았다.

'4일을 쉬었다고 내 선구안이 무뎌진 건 아닐 텐데?'

잠시 고개를 갸웃거린 민우가 다시 자리를 잡자 캐러웨이가 다시 공을 뿌리기 시작했다.

슈욱!

팡!

"볼!"

4구는 패스트볼처럼 날아오다 아래로 푹 꺼지는 포크볼이었다.

'아래쪽으로 날아오는 포크볼은 건드릴 필요가 없지.'

볼카운트는 이제 3볼 1스트라이크가 되었다.

유리한 볼카운트에 민우가 시간을 끌지 않고 배터 박스에 자리를 잡았다.

캐러웨이는 불리한 볼카운트임에도 표정 변화를 보이지 않고 있었다.

캐러웨이는 지체 없이 와인드업 자세를 취하며 빠르게 공을 뿌렸다.

슈우욱!

민우의 눈에 캐러웨이의 손을 떠난 공이 살짝 떠오르는 것이 보였다.

'커브!'

구종을 파악한 민우가 앞다리를 톡톡 팅기며 타이밍을 맞춤과 동시에 그 궤적을 예측했다.

'이건 공 반 개쯤 빠지는 거야. 첫 타석부터 걸어 나가겠네.'

팡!

공이 포수 미트에 꽂히는 모습을 확인한 민우가 허리를 숙여 배트를 내려놓았다.

"스트라이크!"

'뭐?'

주심의 예상치 못한 스트라이크 콜에 민우가 벌떡 일어나 황당한 표정으로 주심을 바라봤다.

민우의 눈에는 분명히 스트라이크존의 아래로 빠져나가는 공이 분명히 보였다.

그런데 주심은 또다시 스트라이크 콜을 외치며 캐러웨이의 커브를 잡아주었다.

어이없는 판정으로 스트라이크를 2개나 내어준 상황이 되어버린 것이다.

그 모습에 더그아웃에서 술렁임이 일기 시작했다.

"뭐야! 저게 어떻게 스트라이크야!"

"민우 타석에 판정이 갑자기 이상해진 것 같지 않아?"

"그러게."

그리고 선수들이 하고 싶지만 할 수 없는 말들이 관중석에서 드문드문 들려왔다.

"뭐하자는 거야!"

"메버릭스한테 돈이라도 받은 거 아니야?"

"스트라이크존이 무슨 태평양이냐!"

"눈 똑바로 떠라!!"

—방금 전 공은 판정이 상당히 애매해 보였습니다. 강민우 선수도 이해할 수 없다는 표정을 짓고 있네요.

관중석에서 들려오는 격한 목소리에 기분이 상한 듯, 주심의 미간이 살짝 찌푸려졌다.

하지만 주심이 단호한 표정으로 앞을 보고만 있을 뿐이었다.

'와……. 오늘 뭐 잘못 먹었나? 왜 이러지?'

그 모습에 깊은 한숨을 쉰 민우가 천천히 배터 박스에 자리를 잡았지만 찝찝한 기분을 지울 수가 없었다.

'내 눈이 틀렸다는 건가?'

반면 메버릭스의 배터리는 이게 웬 떡이냐는 마음이었다.

'주심의 존이 유독 후한데? 이거 잘하면 삼진으로 돌려세울 수도 있겠어.'

캐러웨이와 눈이 마주치자 미미하게 미소를 짓는 것이 자신과 비슷한 생각인 듯 보이자 포수가 고개를 끄덕이고는 가랑이 사이로 손을 열심히 놀리기 시작했다.

'어차피 볼넷으로 내보내도 상관없으니까, 바깥쪽 높은 패스트볼로 다시 던져 보자고.'

고개를 끄덕인 캐러웨이가 빠르게 다음 공을 뿌렸다.

슈우웅!

캐러웨이가 뿌린 공은 거의 일직선으로 올곧게 날아오고 있었다.

'패스트볼!'

구종을 판단한 민우가 곧장 궤적을 예측했다.

그런데 그 궤적이 처음 빠진 공을 스트라이크로 잡아주었던 그 궤적이었다.

'이건 분명히 빠지는 궤적이다. 설마 빠지는 공을 또 잡아주진 않겠지.'

스트라이크 콜을 받았던 기억 때문에 순간적으로 고민을 했지만, 민우는 끝내 배트를 내밀지 않은 채 홈 플레이트를 지나가는 공을 가만히 지켜봤다.

팡!

공을 포구한 포수는 빠르게 미트질을 하며 스트라이크존에 미트를 걸치고는 동작을 멈췄다.

그리고 움직이지 않아야 할 주심의 손이 앞으로 주먹을 뻗었다 당기는 제스처를 취했다.

"스트라이크! 아웃!"

심판이 거친 목소리로 스트라이크임을 선언했다.

"뭐?"

설마 하는 마음으로 주심을 바라보던 민우는 세 번이나 좋지 않은 판정이 나오자 뒤통수를 얻어맞는 느낌에 배트를 툭

떨구며 한숨을 푹 쉬었다.

—바깥쪽 패스트볼에… 루킹 삼진! 아~ 이건 좀 애매한데
요. 강민우 선수가 후반기 첫 타석에서 허무하게 삼진을 당
하고 맙니다. 강민우 선수가 이해할 수 없다는 표정을 지으며
배트를 떨어뜨립니다.

'하……. 이게 무슨 짓거리지.'

루키 선수가 주심에게 대드는 것은 좋지 않은 영향이 있다
는 것 정도는 알고 있었다.

그래서 미국으로 온 뒤로 비슷한 판정이 몇 번 있었지만,
불만이 아닌 질문을 던진 것이 단 한 번 있었을 뿐이었다.

그 이후로는 볼 판정에 불만이 있더라도 고개를 갸웃거리
는 정도에 그쳤었다.

하지만 오늘 경기는 도가 지나쳐도 너무 지나쳤다.

'한 개도 아니고 세 개나. 이건 엄연히 불합리한 판정이야!'

민우는 머리끝까지 화가 치밀어 올랐지만 입가에 억지로 미
소를 지으며 주심에게 조곤조곤 이야기를 하기 시작했다.

"이게 어떻게 스트라이크입니까. 이만큼이나 빠졌지 않습니
까."

민우가 손으로 스트라이크존을 가리키며 주심을 바라보며
주심의 판단이 틀렸다는 것을 어필하는 모습을 보이자 주심

의 미간에 생긴 주름이 급격히 깊어졌다.

민우가 무어라 말을 더 하려는 순간, 주심이 마스크를 벗고는 민우를 향해 소리를 지르기 시작했다.

"뭐? 지금 뭐라고 했지? 내 판정에 불복하겠다는 건가? 이 애송이 자식. 당장 더그아웃으로 돌아가지 못해?"

예상치 못한 주심의 격한 반응에 민우의 입가에 자리한 미소가 천천히 사라져 갔다.

―음. 강민우 선수가 볼 판정에 불만이 있는 듯한데요. 주심에게 스트라이크존을 가리키며 어필을 하고 있네요. 주심은 그런 강민우 선수를 향해 소리를 지르며 더그아웃으로 돌아가라는 듯한 제스처를 취합니다.

민우는 답답한 마음에 소리라도 지르고 싶었지만, 그 순간 퇴장을 당할 것을 알기에 애써 몸을 돌려 더그아웃으로 향했다.

'하아, 미치겠네. 이거 이번 타석으로 끝날 것 같지가 않은데.'

더그아웃으로 향하는 민우의 뒷모습을 주심이 같잖다는 눈빛으로 바라보곤 이내 시선을 돌렸다.

대기 타석에서 타석으로 향하던 해치가 민우를 붙잡았다.

"민우! 왜 주심한테 대든 거야?"

해치의 물음에 민우가 답답한 표정을 지으며 말을 내뱉었다.

"후. 한 번도 아니고 세 번이나 볼을 스트라이크로 잡아버리는데 가만히 있으면 그게 정상이야? 아무리 내가 루키라도 너무한 처사 아니냐고."

민우의 당돌한 대답에 말문이 막힌 듯, 해치가 잠시 뜸을 들이더니 민우의 등을 툭툭 쳤다.

"일단 더그아웃으로 들어가. 이따가 마저 얘기하자."

해치는 그 말을 끝으로 타석으로 빠르게 걸음을 옮겨갔다.

그 모습을 잠시 바라보던 민우는 주심의 날카로운 시선이 자신에게 향하자 애써 몸을 돌려 더그아웃으로 향했다.

"뭐든지 정도가 있는 거라고. 짜증나네. 정말."

민우를 더그아웃으로 돌려보낸 해치가 종종걸음으로 타석에 들어서기 전, 웃는 낯으로 주심에게 말을 붙였다.

"웰크, 저 녀석이 분명 더운 날씨에 정신이 흐려져서 저러는 걸 거예요. 당신에게 대들려는 생각은 전혀 없었을 겁니다. 조금 전의 행동은 제가 더그아웃에 들어가서 단단히 혼내줄 테니 부디 좋게 봐줘요."

해치의 말에 주심은 그런 해치를 힐긋 바라봤다.

"흥. 그 녀석은 너무 자만심이 가득해. 이곳에서 조금 활약한다고 바로 메이저리그에 올라갈 것처럼 행동하고 있잖아. 그 녀석에게 루키 선수가 어떻게 행동해야 하는지 똑똑히 알려줘라."

그 말을 끝으로 주심은 다시 전방으로 시선을 돌렸다.

해치도 고개를 끄덕이고는 배터 박스에 자리를 잡았다.

'그렇단 말이지. 후훗.'

그리고 둘의 대화를 자연스럽게 듣게 된 메버릭스의 포수가 의미심장한 미소를 짓기 시작했다.

2루수 땅볼로 물러난 해치는 더그아웃으로 오자마자 곧장 민우를 찾았다.

민우는 아직도 화가 가라앉지 않은 듯, 허리를 숙인 채 낮은 시선으로 그라운드를 노려보고 있었다.

그 모습에 피식 웃음을 보인 해치가 민우의 옆에 다가가 털썩 앉았다.

"민우, 스트라이크존이 말도 안 되게 넓었지?"

해치의 물음에 민우는 고개를 돌리지 않은 채로 대답을 했다.

"해치, 너도 봐서 알잖아. 저 주심이 겨우 한 타석에서 몇 개의 오심을 범했는지 말이야. 난 한 번도 아니고 두 번이나 참았다고. 두 번이나! 그런데도 주심은 결국 날 삼진으로 돌려세웠어. 명백한 오심으로 말이야."

민우의 하소연에 해치가 민우의 어깨를 두드리며 위로를 표했다.

"민우. 나도 네가 무슨 심정인지 다 이해하고 있어. 하지만 네가 그렇게 행동하면 할수록 너에게 불리할 뿐이야. 루키 선수가 주심에게 대드는 것은 불문율을 깨는 행동이고, 그 행동은 결국 상대 팀의 표적이 되거든."

해치의 설명에 민우가 허리를 들어 올렸다.

고개를 들며 드러난 민우의 표정에는 답답함과 억울함이 가득 담겨 있었다.

"알아. 나도 그런 불문율에 대해서는 얼핏 들은 적이 있으니까. 루키를 길들이기 위해서 스트라이크존을 조절한다는 이야기 정도는 알고 있어. 그래서 나도 지금껏 판정에 불만이 있어도 크게 항의한 적은 없었어. 하지만 정도라는 게 있는 거잖아. 그 상황에서 가만히 있는 것만큼 멍청한 짓이 또 있을까?"

민우의 답답한 목소리에 해치가 고개를 끄덕였다.

"물론 가만히 있는 것만큼 멍청한 짓은 없겠지. 하지만 그 행동은 루키 선수가 할 행동이 아니야. 만약 네가 몇 년 묵은 베테랑이었다면 얼마든지 그런 행동을 해도 용납할 수 있어."

해치의 말에 민우가 답답한 마음에 한숨을 푹 쉬었다.

"후, 그렇겠지."

그 모습에 피식 웃어 보인 해치가 민우의 어깨를 두드리며 말을 덧붙였다.

"그런 행동은 팀의 베테랑 선수가 대신 해주는 거야. 같은 팀의 선수가 불이익을 당했는데 가만히 있는 동료들은 아무도 없다고. 만약 네 다음 타석이 내가 아니라 다른 베테랑 선수였더라도 분명 심판에게 무어라 이야기를 해줬을 거야."

민우는 해치의 말을 잠자코 듣고 있었다.

"길들이기에 흔들리지 마. 너는 그저 너의 스트라이크존에 신념을 가지면 돼. 지금 당장은 네가 생각한 공과 다른 판정을 받아서 성적이 떨어질 수도 있지만, 네가 주심의 판정을 존중하는 모습을 보인다면 언젠가는 주심도 너를 루키 애송이가 아닌 한 선수로 존중해 줄 날이 올 거야. 그때가 되면, 네가 생각하는 스트라이크존으로 공이 들어올 테니까."

해치의 말을 들으며 민우는 서서히 냉정을 되찾고 있었다.

'하, 답답하지만 해치의 말이 맞다. 거기서 내 신분을 망각하고 심판에게 대든 건 큰 불찰이야. 냉정함을 잃지 말았어야 했는데…….'

민우가 천천히 고개를 들어 포수의 뒤에 서 있는 주심을 바라봤다.

'이래서 유망주들이 마이너리그에서 담금질을 한다고 표현을 하는 건가? 후… 지금이라도 깨달아서 다행이긴 한데, 당분간은 고생 좀 하겠구나. 동료들에게 피해를 주지 말아야 할 텐데.'

머릿속으로 생각을 천천히 정리하며 마음을 진정시킨 민우가 해치를 바라보며 옅게 웃어 보였다.

"해치, 네 말을 들으니 내가 얼마나 큰 실수를 했는지 알 것 같아. 이거… 내 행동이 팀에 얼마나 손해가 될지 모르겠네. 후… 정말 미안하고 조언해 줘서 고맙다."

민우의 사과와 감사에 해치가 피식 웃으며 한 가지를 더 덧붙였다.

"복수는 그때 가서 하면 되는 거야. 루키 딱지를 떼는 순간부터 은퇴할 때까지, 판정이 불만스러우면 실컷 소리를 지를 수 있으니까."

"풉, 좋은 정보네."

"그렇지?"

민우가 웃음을 보이자 해치 역시 기분 좋은 미소를 보여주었다.

"아웃!"

그라운드에서 들려오는 심판의 외침에 민우가 자리를 털고 일어났다.

"후아! 일하러 가자."

*　　　*　　　*

─4회 초 2아웃, 스코어는 여전히 0 대 0. 주자 없는 상황에서 타석에는 강민우 선수가 들어서고 있습니다. 앞선 타석에서는 삼진으로 물러났습니다.

민우가 대기 타석을 벗어나 타석으로 천천히 걸어가기 시작했다.

그 모습에 원정 응원을 온 식스티 식서스의 팬들이 일제히 소리를 지르기 시작했다.

"강민우 화이팅!"

"심판! 이번엔 눈 똑바로 뜨고 잘 보라고!"

"지켜보고 있다!"

민우 역시 팬들의 외침과 같은 마음을 가진 채 타석으로 향하며 홈 플레이트 뒤쪽에 서 있는 주심을 바라봤다.

주심 웰크는 근엄한 표정을 지은 채 민우가 다가오는 것을 지그시 노려보고 있었다.

'쳇. 내 행동에 화가 단단히 났다, 이거지.'

민우는 배터 박스에 천천히 들어서 자리를 잡고는 캐러웨이를 바라봤다.

캐러웨이의 얼굴에서는 2회 때보다 훨씬 여유로운 표정이 느껴지는 듯했다.

'저 녀석도 스트라이크존이 넓어지니 아주 여유가 넘치는구나.'

이윽고 사인을 교환한 캐러웨이가 와인드업 자세에서 힘차게 공을 뿌렸다.

슈우욱!

캐러웨이의 손을 떠난 공을 바라보던 민우의 미간이 순간 찌푸려졌다.

'또 그 코스야!'

팡!

포수는 공을 포구하자마자 미트를 슬쩍 옆으로 옮기는 제스처를 보였다.

그리고 마치 짠 것처럼 주심의 손이 가볍게 올라갔다.

"스트라이크!"

민우는 너무나도 당연하다는 듯한 포수와 심판의 협업에 고개를 절레절레 저었다.

그리고 잽싸게 그 모습을 캐치한 메버릭스의 포수가 주심에게 이간질을 하기 시작했다.

"웰크, 이 녀석 표정이 완전 썩었는데요?"

포수의 말에 주심이 눈을 번뜩이며 민우를 쳐다봤다.

하지만 민우는 무표정을 풀지 않은 채, 무슨 일이라도 있냐는 듯한 눈빛을 보낼 뿐이었다.

"흥."

웰크의 시선이 돌아가는 것을 확인한 민우가 힐긋 포수를 쳐다봤다.

하지만 포수는 자신은 아무것도 모른다는 듯한 표정으로 앞만 보고 있을 뿐이었다.

그 모습에 민우는 속이 부글부글 끓어올랐다.

'어휴. 진짜! 확 한 대 때려주고 싶다. 방법이 없으려나.'

마음 같아서는 패스트볼을 살짝 건드려 포수의 미트 아래로 보내고 싶었지만, 승부의 추가 아직 어느 쪽으로 기울지 모르는 상태에서 함부로 할 행동은 아니었다.

민우가 속을 가라앉히려고 노력하는 사이, 포수는 투수에게 빠르게 투구할 것을 주문했다.

'후후. 아마 지금 화가 많이 났을걸. 지금이 기회야.'

포수의 주문에 캐러웨이가 빠르게 공을 뿌리기 시작했다.

슈욱!

팡!

2구는 아래로 푹 꺼지는 포크볼이었다.

포심 패스트볼과 비슷한 궤적으로 뻗어오는 공에 민우가 손을 움찔하는 모습을 보였다.

'이 자식이……'

주심은 확연한 볼의 궤적이었기에 손을 미동조차 하지 않았다.

민우는 선구안이 흔들리는 것이 느껴지자 정신을 바짝 조이기 위해 노력했다.

'안 돼. 흔들리면 정작 안으로 들어오는 공도 못 칠 수가 있어.'

이후 3구는 볼, 4구는 파울을 때려내며 2볼 2스트라이크가 되었다.

어느새 타자에게 불리해진 카운트.

민우가 숨을 잠시 돌리고 다시 자리를 잡자 캐러웨이가 다음 공을 빠르게 뿌렸다.

슈욱!

캐러웨이가 뿌린 공이 민우의 몸 쪽을 향해 바싹 붙어 날아왔다.

'이크!'

팡!

잽싸게 상체를 뒤로 젖혀 공을 피한 민우가 뒤로 휘청거리며 겨우 중심을 잡았다.

─제5구! 몸 쪽! 아! 위험했네요. 강민우 선수가 잽싸게 피하며 숨을 돌리는 모습을 보입니다. 볼입니다. 이제 볼카운트는 쓰리─투 풀카운트.

'아오, 진짜. 가지가지 하는구나.'

가만히 있었으면 팔꿈치 부위에 맞았을 거라는 생각에 가라앉던 화가 혹 하고 치솟았다.

'휴. 진정, 진정하자. 흥분하면 진다.'

민우는 장갑을 천천히 매만지며 정신을 가다듬으려 노력했다.

"시간 끌지 말고 빨리 들어와라."

주심의 주의에 민우는 대답 없이 배터 박스에 자리를 잡았다.

'정석대로라면 안쪽 다음은 바깥쪽이겠지.'

민우가 다음 공을 예상하는 사이, 사인 교환을 마친 듯 캐러웨이가 글러브를 가슴 앞으로 들어 올렸다.

슈우욱!

'바깥쪽 커브!'

바깥으로 크게 휘어져 나간 커브가 안쪽으로 다시 휘어져 들어오고 있었다.

팡!

캐러웨이의 커브는 스트라이크존에서 공 한 개는 빠진 위치에서 포수의 미트로 빨려 들어갔다.

'이것까지 잡아주면 오늘 칠 수 있는 공은 아무것도 없다.'

민우는 그런 생각과 함께 주심의 판정을 기다렸다.

주심은 이정도 까지 잡아줄 정도로 느슨한 존은 아니라는 듯 허리만 편 채 손은 들어 올리지 않았다.

—6구는 바깥쪽으로 던진 커브였지만, 볼로 판정이 되네요. 베이스 온 볼스. 강민우 선수가 걸어서 1루로 출루합니다.

살짝 긴장하고 있던 민우가 안도의 한숨을 내쉬며 천천히 1루로 걸어갔다.

'나가는 건 좋은데, 이러면 4번 타자의 의미가 없어지는데.'

1루에 도달한 민우에게 코치가 다가와 잘했다고 칭찬을 해

주었지만 기분은 그다지 나아지지 않았다.

이후 5번 해치의 안타로 2사 1, 2루 상황이 되었지만 6번 실베리오가 중견수 플라이로 아웃되며 0의 균형을 깨지 못한 채 이닝이 마무리되었다.

＊　　　＊　　　＊

슈욱!

팡!

"스트라이크! 아웃!"

존 아래로 공 반 개는 빠지는 공임에도 주심은 강하게 주먹을 내지르며 스트라이크임을 선언했다.

'후, 아는 건 아는 건데, 짜증나는 건 어쩔 수 없네.'

주심의 스트라이크존이 태평양 존으로 변한 이후, 상대 배터리의 볼 배합은 바깥과 안쪽을 넘나들며 민우를 농간하고 있었다.

민우는 어이없는 삼진에 속으로는 답답함을 느꼈지만 겉으로는 표정 하나 까딱하지 않고 주심의 곁을 떠나 더그아웃으로 걸어갔다.

메버릭스의 포수는 그런 민우의 뒷모습을 보며 비릿한 웃음을 짓고 있었다.

'참아보겠다? 후후. 언제까지 그렇게 내색하지 않을 수 있

을까.'

첫 타석에서의 어이없는 삼진 이후, 주심과 민우의 관계를 빠르게 파악한 상대 배터리는 민우를 상대로 스트라이크존 안과 바깥으로 깔짝거리는 공만을 뿌려대기 시작했다.

그 결과, 두 번째 타석에서는 볼넷을 내어줬지만, 바로 지금, 세 번째 타석에서 삼진을 하나 더 뽑아내며 결국 원하는 바를 이루어냈다.

─아, 루킹 삼진입니다. 3아웃을 채우며 이닝이 종료됩니다. 주심이 강민우 선수의 타석에선 유독 투수에게 후한 판정을 내리는 모습인데요.

─지금도 아슬아슬하게 빠지는 공으로 보였는데 스트라이크를 잡아주면서 강민우 선수가 이번에도 삼진으로 물러나고 맙니다. 오늘만 두 개째 삼진이네요. 전반기 마지막 경기에서의 활약과 극명히 대조되는 모습입니다.

─강민우 선수가 첫 타석에서는 심판에게 어필을 하는 모습을 보였었는데요, 그 이후로는 볼 판정에 별다른 불만 없이 조용히 더그아웃으로 들어가는 모습입니다. 무슨 얘기라도 들은 걸까요?

"눈 똑바로 안 뜨냐!"
"나가 죽어라!"

"너 같은 게 심판을 할 자격이 있냐!"

원정 팬들은 민우가 또다시 허무하게 삼진을 당하자 참을 수 없다는 듯 거친 표현을 써가며 주심을 향해 으르렁대기 시작했다.

그리고 일부 팬들은 민우를 향해 걱정스러운 눈빛을 보내고 있었다.

"민우가 이렇게 당한 적이 있었어?"

"이런 적은 처음이야."

"민우가 이제 분석을 당한 건가?"

"강! 힘내라!"

실베리오가 가져다준 글러브와 모자를 챙기던 민우는 팬들의 응원 소리가 조그마하게 귀에 들려오자 조금이나마 힘을 얻은 듯, 조용히 미소를 지어 보였다.

'날 믿어주는 이들에게 좌절하는 모습을 보여줄 순 없지. 아직 한 타석 남았다고.'

민우가 더그아웃으로 돌아가는 상대 배터리를 바라보며 다짐을 하듯 주먹을 꽉 쥐었다.

경기는 이제 6회를 지나고 있었고, 양 팀 선발이 모두 호투를 보이며 팽팽히 맞서고 있었다.

7회 초, 식스티 식서스는 해치의 안타에 이어 실베리오가 투런 홈런을 쏘아내며 2점을 먼저 따냈다.

그러자 메버릭스는 지지 않겠다는 듯, 7회 말, 4번 차베즈의 안타를 시작으로 5번 디아즈의 2루타, 6번 알몬테의 2타점 2루타로 경기를 원점으로 되돌려놓으며 승부의 추를 원점으로 돌려냈다.

이후 다시 소강상태를 보이며 8회 말까지 스코어는 2 대 2를 유지하며 팽팽히 맞서고 있었다.

그리고 9회 초, 식스티 식서스의 선두 타자로 4번, 강민우의 정규이닝 마지막 타석이 다가왔다.

―식스티 식서스의 4번 타자, 강민우 선수의 4번째 타석입니다. 앞선 3번의 타석에서는 삼진 2개에 볼넷 하나로 1출루를 기록했습니다.

―오늘은 강민우 선수에게 영 운이 따르지 않는 날이라고 할 수 있겠죠?

―예, 오늘은 주심과의 상성이 맞지 않는 날인 것 같습니다. 볼 판정을 내리는 것은 주심의 몫이지만, 오늘 경기가 끝나면 식서스의 팬 커뮤니티가 꽤나 시끌벅적하지 않을까 예상됩니다.

민우가 대기 타석을 벗어나 타석으로 향하는 모습에 원정 팬들이 이전보다 더욱 간절한 마음으로 민우를 응원하기 시작했다.

"킹 캉! 킹 캉!"

"민우! 힘내라!"

"마지막이야! 메버릭스 놈들에게 한 방 날려줘!"

관중들은 이번에야말로 민우가 한 방을 때려내 식스티 식서스를 승리로 이끌어주길 바라고 있었다.

민우는 배터 박스로 향하며 배트를 두어 번 크게 휘둘렀다.

'날이 좀 선선해지니 좀 낫다. 몸이 빠릿빠릿해지는 느낌이야.'

몸 상태를 확인한 민우는 천천히 배터 박스에 들어서며, 마운드 위의 투수를 바라봤다.

캐러웨이의 뒤를 이어 올라온 투수는 우완 오버핸드 투수인 리차드였다.

리차드는 8회 초부터 등판해 1이닝을 삼자범퇴로 깔끔하게 막아내며 9회에도 올라온 상태였다.

'리차드. 제구력은 평균 이상이지만, 분명 몸에 맞히길 두려워하는 선수라고 했지.'

투수들이 몸 쪽 공을 던지는 것을 두려워하는 이유는 여러 가지가 있었기에 딱히 이유를 추측할 수는 없었다.

하지만 몸 쪽 공을 두려워한다는 그 자체 하나로 민우는 손해를 덜 볼 수 있으리라 판단을 내렸다.

'포수가 미트를 크게 움직이고 있는 걸보면 원하는 곳으로 들어오지 않는 공이 많다는 뜻. 오늘 제구력은 평범 혹은 그 이하 수준이다. 그렇다면 분명 스트라이크존으로 들어오는 공이 생길거야.'

민우는 더그아웃에서 바라본 리차드의 제구력이 캐러웨이에 비해 부족하다는 것을 알아채고는 이번 타석에서의 대응법을 생각해 놓은 상태였다.

배터 박스에 들어선 민우는 평소와 달리 홈 플레이트 쪽으로 바짝 붙은 위치에 땅을 발로 긁으며 자리를 잡기 시작했다.

'임시방편이지만, 이게 먹히길 바라야지. 하나만 들어와라. 들어오면… 반드시 때려낸다.'

자리를 잡은 민우가 굳은 표정으로 마운드로 시선을 돌렸다.

리차드는 민우를 상대해 본 적이 없었지만 더그아웃에서 민우와 주심의 관계에 대해 이미 들은 상태였다.

그렇기에 동점 상황에서 4번 타자를 상대하는 중요한 상황임에도 크게 긴장하지 않고 있었다.

타석에 자리를 잡은 민우를 바라보던 리차드가 피식 웃음을 날렸다.

'5할 타자라고 해서 긴장했는데, 오늘 모습만 보면 영락없는 루키에 불과해. 표정도 굳어 있고… 지금처럼만 하면 충분히

잡을 수 있어.'

반면, 포수는 이미 3번이나 민우를 잡아낸 상태였지만 방심할 생각이 전혀 없었다.

'한두 번 당한 게 아니니까.'

포수는 민우의 옆모습을 힐긋 바라봤다.

하지만 민우의 얼굴에서 아무것도 느껴지지 않자 이내 마운드로 시선을 돌렸다.

'뭐, 이쯤 되면 포커페이스 하나는 인정해 줘야겠네. 하지만 까딱해서 가운데로 들어가면 이 녀석은 바로 때려낼 거야. 일단 주심의 스트라이크존이 여전한지 확인은 해봐야겠지. 바깥쪽 높은 코스로, 패스트볼.'

포수가 주문한 코스는 오늘 민우를 여러 번 괴롭혔던 바로 그 코스였다.

포수가 손가락을 열심히 놀리며 보내는 사인에 리차드가 가볍게 고개를 끄덕였다.

'오케이, 오케이~'

다리를 크게 들어 올리며 와인드업 자세를 취한 리차드가 빠르게 공을 뿌렸다.

슈우욱!

리차드의 손을 떠난 공이 민우를 여러 번 물 먹인 바깥쪽 높은 코스를 향해 뻗어왔다.

하지만 민우는 꿈쩍하지 않은 채, 공이 들어오는 것을 바라만 보고 있었다.

'건드려 봤자 잘해야 단타다. 참자. 기회는 온다.'

팡!

선발인 캐러웨이가 의외의 제구력을 뽐낸 것과 달리, 리차드의 공은 포수가 원한 곳에서 살짝 벗어난 곳으로 들어왔다.

리차드의 공이 포수의 미트에 빠르게 꽂혔지만 주심의 손은 미동조차 하지 않았다.

주심의 판정은 볼이었다.

포수는 무표정한 얼굴로 투수에게 공을 던졌지만 속으로 아쉬운 기색을 숨기고 있었다.

'쳇, 허용 범위 밖이냐.'

초구는 볼 판정을 받았지만 메버릭스의 배터리는 이후 계속해서 스트라이크존의 주변부를 노리며 볼카운트를 차곡차곡 쌓아가기 시작했다.

슈욱!

팡!

"스트라이크!"

슈욱!

팡!

"볼!"

─5구는 볼입니다. 스트라이크존의 낮은 경계선에서 살짝

빠졌네요.

─유혹적인 브레이킹 볼이었지만 강민우 선수의 배트는 꿈쩍도 하지 않습니다.

리차드가 던진 5구는 포수가 요구한 위치보다 공 한 개정도가 더 빠지며 볼 판정을 받고 말았고, 볼카운트는 순식간에 3볼 2스트라이크, 풀카운트가 되었다.

리차드의 공은 두 개 중에 하나가 포수가 원하는 곳에서 조금씩 벗어나며 완벽한 제구를 보여주지 못하고 있었고, 그 모습에 포수의 미간이 살짝 찌푸려졌다.

'쩝, 이건 조금만 위로 들어갔으면 주심이 스트라이크로 잡아줬을 텐데. 아쉽군.'

포수는 속으로 아쉬움을 달래며 민우를 잡을 결정구를 주문했다.

'그나마 패스트볼 제구가 좋으니, 바깥쪽 높은 코스로 넣어보라고. 주심이 잡아만 준다면 삼진을 하나 더 뺏어낼 테니까.'

이윽고 포수의 사인을 받은 리차드가 고개를 끄덕거렸다.

─강민우 선수가 이번 타석에서 굉장히 신중한 모습이네요. 공 다섯 개 중에 단 한 개의 공에도 배트를 내밀지 않으며 공을 바라만 보고 있습니다.

―이제 볼카운트는 쓰리―투 풀카운트. 투수 와인드업! 제6
구!

슈우욱!

리차드의 손에서 공이 떠나는 순간, 무언가 잘못됐다는 듯
눈이 크게 떠졌다.

'이런!'

손끝에서 빠지는 느낌과 함께 제대로 채지 못했기 때문이
었다.

하지만 이미 자신의 손을 떠난 공이었고, 타자가 그 공을
놓치기만을 바랄 수밖에 없었다.

리차드가 던진 공이 밋밋한 궤적을 그리며 스트라이크존
안쪽으로 향하자 민우가 기다렸다는 듯이 눈을 번뜩이고는
배트를 꽉 다잡으며 시동을 걸었다.

'받은 만큼……'

두어 번 들썩거리며 타이밍을 맞추던 앞발을 세게 내디딤
과 동시에 민우가 체중을 제대로 실은 배트를 벼락같이 내돌
렸다.

'돌려준다!'

따아악!

홈 플레이트를 지나던 공과 정확히 마주친 배트에서 정갈
한 타격음이 뿜어져 나왔다.

―애매하게 걸치는 높은 공을 때려냈습니다! 타구는 센터 방면으로! 크다! 큽니다! 쭉쭉 날아가는 큼지막한 타구!!

설마 하는 표정으로 바라보고 있던 리차드는 그라운드를 울리는 타격음에 결국 고개를 푹 수그리고 말았다.

민우는 손에서 느껴지는 아주 미미한 감각에 스위트 스폿에 정확히 맞춰냈다는 것을 알 수 있었다.

'갔구나.'

민우는 배트를 놓은 채 타구를 바라보며 천천히 걸음을 옮기기 시작했다.

쏜살같이 쏘아진 타구는 외야를 향해 쭉쭉 뻗어 날아가고 있었다.

메버릭스의 중견수가 최선을 다해 타구를 쫓았지만 눈앞에 나타난 펜스를 바라보고 속도를 줄일 수밖에 없었다.

펜스를 넘어서도 체공을 계속한 타구가 뒤늦게 바닥에 떨어지는 소리가 들려왔다.

텅!

―넘어~ 갑니다!! 강.민.우! 침묵하던 식서스의 4번 강민우가 팬들의 응원에 드디어 응답을 해줍니다! 강민우 선수의 시즌 11호 홈런이 터졌습니다!

─리차드 선수의 높은 코스로 들어오는 밋밋한 패스트볼이었는데요. 강민우 선수가 놓치지 않고 제대로 때려냈고, 스테이터 브로스 스타디움의 가장 깊은 센터 방면 펜스를 훌쩍 넘어가는, 정말 큼지막한 홈런을 만들어냅니다!

─강민우 선수의 홈런으로 식스티 식서스가 다시 한 번 리드를 잡습니다. 스코어 2 대 3!

─경기가 소강상태를 보이며 막바지에 접어들던 때에 앞선 부진을 만회하는 통렬한 한방을 날리며, 원정 응원을 온 팬들의 응원에 크게 보답합니다!

손을 모은 채로 민우의 타구가 펜스를 넘어가길 간절히 바라던 식스티 식서스의 팬들은 타구가 펜스를 넘어가는 순간, 벅찬 환호성을 질러대기 시작했다.

"우와아아아아!"

"넘어갔다!!"

"역시 강이야!"

"대바아아악!"

"장하다!!"

홈런을 때려내고 다이아몬드를 돌기 시작한 민우를 바라보던 브렌트의 입꼬리가 스윽 말려 올라가며 뿌듯한 미소를 지었다.

'녀석. 말해주지 않았는데도 나름대로 머리를 굴리더니. 미흡하지만 방법을 찾아냈구나. 그래, 가끔은 그렇게 스스로 방법을 찾아내는 거다. 항상 생각하고 돌파구를 찾아내는 것. 그게 네가 살아남는 방법이며, 메이저리그에 향하는 길이라는 걸 잊지 말아야 한다.'

다이아몬드를 빠르게 내달린 민우가 홈 플레이트를 밟으며 전광판의 숫자가 바뀌었다.

메버릭스 2 : 3 식스티 식서스.

그리고 이 숫자는 이후 경기가 끝날 때까지 더 이상 움직이지 않았다.

이날 민우는 4타석에 들어서 3타수 1안타(홈런)에 1사사구 2삼진을 기록했고, 시즌 타율은 0.507로 소폭 하락했다.

경기가 끝난 이후, 식스티 식서스의 팬 커뮤니티 채팅방에서는 오늘 경기의 주심인 탐 웰크를 씹는 글들이 올라오기 시작했다.

─웰크 완전 미친 거 아니야? 왜 강민우 타석에만 스트라이크존이 태평양 존이 돼?

─난 빠지는 공 스트라이크 잡아줄 때마다 속 터져 미치는 줄 알았음.

─민우가 웃으면서 얘기하니까 웰크가 완전 정색하는 거 봤

어? 아오! 짜증나.

일부 팬은 다양한 각도에서 주심의 행동을 분석하는 모습을 보였다.

—내가 볼 때, 주심이 강을 길들이려고 하는 것 같던데.

—그게 갑자기 무슨 소리야? 갑자기 이제 와서 뭘 길들여?

—강이 인터뷰 한 기사를 봤는데, 올해 안에 메이저리그에 올라가겠다고 했더라고.

—그건 나도 봤는데, 패기 넘쳐서 좋지 않아? 그런 말을 할 정도로 실력이 충분하잖아.

—그건 나도 동의하는데, 심판들은 그게 건방져 보였던 게 아닐까?

—그게 말이 된다고 생각해? 어떻게 그걸 건방지다고 해석할 수가 있어?

—오늘 경기가 그 기사가 뜨고 나서 첫 경기잖아. 그런데 주심이 저러니까 혹시나 하고 추측하는 것뿐이야.

—그냥 우연이 아닐까? 전반기에도 빠지는 볼을 잡아주는 모습이 보이긴 했지만, 민우가 주심이게 대든 건 이번이 처음이잖아. 루키가 판정에 불복하니까 주심이 건방지다고 느끼고 길들이기를 시작한 게 아닐까?

—그럴지도 모르겠네. 하지만 뭐가 사실이든 빠지는 공을

잡아주는 것 자체가 잘못된 일이라고.

—결론 났네. 웰크가 개X끼네.

—ㅇㅇ. 민우는 잘못 없음.

이후에도 난상토론을 벌이던 팬들은 한 팬이 내뱉는 말에 모두가 굳은 표정을 짓고 말았다.

—그런데 뭐가 어쨌든 길들이기를 한다는 건… 오늘이 끝이 아니란 말이야?

—헐……

—설마……

이후에도 채팅을 계속하던 팬들은 걱정스런 마음을 가진 채 채팅방에서 퇴장하며 다음 경기에 온 관심을 집중했다.

*   *   *

전날의 소란을 뒤로하고 다음 날이 밝았다.

민우는 전날의 안 좋은 기억을 잊기 위해 아침 훈련에 매진했다.

'후, 어제 일은 어제 일일 뿐이야. 잊어버리고 오늘에 집중하자.'

중간에 휴식을 가지고 다시 팀 훈련에 집중하면서 민우가 머릿속을 깨끗이 비워 나갔다.

　그렇게 시간은 빠르게 흘러 어느새 경기 시간이 다가왔다.

　전날 주심을 봤던 웰크는 오늘 경기에서는 3루심으로 배정된 상태였다.

　민우는 오늘부터는 판정에 불만이 있더라도 최대한 자제하리라 다짐하고는 자신의 타석을 기다렸다.

　2회 초.

　슈욱!

　'빠지는 공!'

　투수의 손을 떠난 공이 민우에게서 가장 먼 곳인 스트라이크존 바깥쪽으로 빠지는 모습에 민우는 배트를 움직이지 않았다.

　팡!

　민우는 당연히 볼이라는 생각에 발을 풀며 주심의 판정을 바라봤다.

　그런데 주심은 앞으로 손을 크게 뻗어 쥐어 올리며 민우의 예상과 다른 판정을 내렸다.

　"스트라이크~ 아웃!"

　말도 안 되는 판정에 민우의 시선이 순간 흔들렸다.

　'하…….'

민우가 답답한 마음에 눈을 동그랗게 뜬 채 주심을 바라봤다.

그 모습에 주심이 두 눈을 치켜뜨고는 민우에게 무슨 문제냐는 듯한 눈빛을 보내고 있었다.

'참자, 참자.'

결국 민우는 떨어지지 않는 발걸음을 이끌고 더그아웃으로 돌아가야 했다.

첫 타석부터 삼진을 당했지만, 마음대로 화를 낼 수조차 없는 상황이 너무나 답답했다.

터덜터덜 더그아웃으로 향하는 민우의 모습에 해치가 스쳐 지나가며 말없이 어깨를 두드려 주었다.

선수들은 민우를 위로한답시고 이런저런 말들을 걸어왔다.

"보통 못하는 녀석들한테는 루키 길들이기 같은 거 잘 안해. 그 말은 즉, 민우 네가 압도적으로 뛰어난 선수라는 말이지. 멍청한 심판들이 잘하는 선수한테 질투하는 거라고. 그러니 너무 조급해하지 마. 버텨내는 자가 결국 이기는 거야!"

"민우, 주심의 판정에 너무 휘둘리지 마. 여긴 싱글A야. 제구력이 잡힌 투수보다 잡히지 않은 투수가 많으니까, 밖으로 빠지는 공은 버리고 들어오는 공에 네 호쾌한 스윙을 보여주면 돼."

"주심은 네가 판정에 반응을 보이면 보일수록 더 심하게 굴거야. 그들은 굉장히 권위적인 집단이거든. 그러니 지금 당장은 힘들더라도 무시해 버려. 네가 심판의 판정을 존중하고 있다고 느낀다면 더 이상 편협한 짓거리는 하지 않을 거야."

선수들의 위로는 대체로 비슷한 편이었다.

선수들의 위로에 민우는 겉으로는 웃음을 보이며 애써 괜찮은 척을 해 보였다.

하지만 그런 행동들이 말처럼 쉬웠다면 진즉에 화를 내지 않았을 것은 자명한 사실이었다.

'휴우…… . 방법을 찾아야 해.'

경기가 진행될수록 민우의 고민은 깊어져만 갔다.

이날 경기에서 식스티 식서스는 단 1점을 내는데 그쳤고, 1 대 3이라는 스코어를 기록하며 후반기 첫 패배를 당하고 말았다.

민우는 4타석에 들어서 3타수 무안타에 볼넷 하나를 얻고 삼진 2개를 당하며 좋지 않은 모습을 보였다.

식스티 식서스의 팬들은 오늘 경기에서도 주심의 들쑥날쑥한 스트라이크존에 대한 불만을 강하게 토로했지만, 주심을 맡는 심판은 신경 쓰지 않는다는 듯, 계속해서 민우에게 유독 넓은 스트라이크존을 유지해 갔다.

타선의 중심을 이끌어야 할 4번 타자인 민우가 계속해서 투수에게 무기력하게 당하는 모습을 보이자 팬들은 민우의 선구안이 무너지는 것을 우려하기 시작했다.

식스티 식서스는 이후 메버릭스와의 2, 3, 4차전에서 1승 2패를 기록하며 동률을 이루고 말았다.

민우는 메버릭스와의 시리즈 동안 16타석에 들어서 13타수 3안타(2루타 1개, 홈런 2개)를 때려내며 극심한 빈타에 허덕였다. 볼넷 3개를 얻어내는 동안, 삼진을 6개나 당하는 모습으로 팬들의 우려가 현실이 되는 모습을 보였다.

그 결과, 이 기간 동안 타율은 전반기에 비해 반 토막이 난 0.230이라는 낮은 타율을 기록한데 비해, 출루율은 1할 이상 높은 0.375를 기록하는 기형적인 모습을 보였다.

이 성적은 상대 배터리가 주심의 판정을 적극적으로 이용하며 공을 사이드로 돌리고 있다는 증거이기도 했다.

일부 팬들은 민우의 시즌 타율이 아직 0.468이라는 점만을 보고 그동안 너무 고타율을 기록한 것이지 지금이 크게 부진한 성적은 아니라는 반응을 보이기도 했다.

하지만 대다수의 팬들은 민우의 판정 피해로 인한 부진에 겹쳐 팀의 후반기 성적이 동반 하락하는 모습에 앞으로 66경기나 남아 있는 후반기 일정에 대해 걱정스러운 마음을 가지기 시작했다.

제4장

기회는 위기와 함께 찾아온다

식스티 식서스의 다음 일정은 레이크 엘시노어 스톰과의 원정 3연전이었다.

하이 데저트 메버릭스의 홈구장에서 버스를 타고 2시간을 달려야 하는 고된 일정이었기에 경기가 끝나자마자 버스에 몸을 실은 선수들은 이동 시간 동안 수면을 취하는 모습이었다.

하지만 그 사이에서 민우는 도저히 잠을 이룰 수가 없었다.

메버릭스와의 시리즈 동안 억울한 스트라이크 판정이 계속 이어지며 민우에게 크나큰 스트레스를 주고 있었다.

4경기에서 볼넷을 3개 얻어내는 동안 삼진을 5개나 당하며 고작 0.230에 그쳤다는 사실이 민우를 괴롭게 하고 있었다.

마지막 경기에서 홈런을 하나 더 때려내긴 했지만 민우로서는 도저히 만족할 수 없는 결과였다.

미국으로 온 이후 처음으로 겪는 슬럼프에 민우는 숙소에 도착하자마자 한쪽 구석에 자리를 잡고는 한 시간이 넘도록 티배팅을 계속하고 있었다.

딱!

하지만 그 머릿속에는 온통 지난 경기에서 삼진을 당한 상황이 돌아다니며 머리를 어지럽게 하고 있었다.

'주심의 판정에 신경을 빼앗기다 보니 스트라이크존의 경계가 모호해지고 있어. 자꾸 신경이 그쪽으로 쏠리니까 스트라이크존에 제대로 꽂히는 공에 대한 반응도 늦어지고 있고. 그렇다고 마냥 무시하자니 삼진 개수만 늘어가고. 아아! 4번 타자의 역할을 전혀 못하고 있잖아. 도대체 어떻게 해야 하는 거지.'

부웅!

"으."

민우는 머릿속이 복잡해지자 티배팅에서까지 공을 때리지 못하고 헛스윙을 하고 말았다.

자신이 봐도 어이없는 스윙에 민우가 한숨을 크게 내뱉었다.

"하아, 미치겠네."

"뭐가 그리 미치겠다는 거냐."

갑작스레 뒤에서 들려오는 목소리에 깜짝 놀란 민우가 고개를 돌려 뒤를 바라봤다.

"브렌트 코치님? 언제 오셨습니까?"

민우의 물음에 브렌트가 옅은 미소를 보이며 대답했다.

"그래. 나다. 도무지 시끄러워서 잠을 잘 수가 있어야지. 얼마나 정신이 없기에 내가 온 줄도 모르고 그렇게 열심이냐. 그리고 그 엉망인 스윙은 도대체 뭐고? 나는 널 그렇게 가르친 적이 없는데?"

브렌트의 말에 민우의 표정이 살짝 굳어졌다.

"죄송합니다."

"이리로 와서 잠깐 앉아봐라."

브렌트는 그 말과 함께 숙소 앞에 있는 벤치로 천천히 걸어가 앉았다.

그 모습에 민우가 배트를 들고 빠르게 그 곁으로 다가갔다.

민우가 배트를 들고 오는 모습에 브렌트가 손을 내밀었다.

"배트."

그 모습에 민우가 브렌트에게 배트를 넘겨 주었다.

브렌트는 배트를 받더니 그대로 자신의 옆에 내려놓고는 돌려주지 않았다.

그 모습에 잠시 뜸을 들이던 민우가 천천히 입을 열었다.

"저, 코치님? 배트는 왜 가져가신 겁니까?"

"이제 그만해도 된다는 뜻이다."

브렌트의 단호한 말에 민우가 굳은 얼굴로 고개를 저었다.

"아닙니다. 아직 한참 부족합니다. 제 성적이 얼마나 안 좋은지 잘 아시잖습니까."

"민우."

브렌트의 목소리는 단호했다.

그 목소리에 억지로 입을 다문 민우였지만, 훈련을 하지 못하게 막는 브렌트가 이해가 되지 않는다는 표정은 숨길 수 없었다.

'4번 타자가 되더니, 자기도 모르게 책임감에 휘말리기 시작했어. 하지만 너무 큰 책임감은 어깨를 무겁게 하는 법이지.'

브렌트는 의욕이 넘치는 민우를 바라보며 진지한 목소리로 민우의 문제점을 지적했다.

"지금 같은 상태에서 아무리 많은 스윙을 해봤자 절대로 좋은 모습이 나오지 않는다. 오히려 역효과만 날 뿐이지. 바로 지금의 너처럼 말이야."

브렌트의 말에 민우는 방금 전에 자신이 보였던 스윙이 다시 생각났다. 입이 열 개라도 할 말이 없었다.

자신의 지적에 고개를 수그리는 민우의 모습에 인자한 눈빛으로 민우를 바라봤다.

"우리는 기계가 아니다, 사람이지. 네가 잘하고자 하는 마음은 내가 제일 잘 안다. 하지만 아무것도 안 된다는 생각이 들 때엔, 그냥 머리를 비우고 다른 일로 기분 전환을 하는 것이 좋은 효과를 볼 때도 있다. 후에 다시 돌아보면 답이 보일 때도 있거든. 그리고……."

브렌트는 자신도 이런 일을 수없이 겪었다는 듯, 잠시 아련한 눈빛을 띠었다.

민우는 그 모습에 말없이 브렌트의 다음 말을 기다렸다.

"다른 녀석들이 잠은 자야 하지 않을까."

브렌트의 말에 잠시 멍한 표정을 짓던 민우가 그제야 자신이 민폐를 끼치고 있다는 생각이 들어 얼굴이 후끈거렸다.

'아이고. 내 정신아. 지금 시간이 몇 시인데, 온 정신이 이쪽에 팔려서.'

"죄송합니다. 제 생각이 짧았습니다."

민우의 빠른 사과에 브렌트가 미소를 지으며 고개를 저었다.

"아니다. 만약 네가 독선적이고 이기적인 녀석이었다면 5분이 채 되지 않아서 선수들이 뛰쳐나왔겠지. 시끄러워 죽겠다고 말이야. 하지만 다들 그러지 않았잖느냐?"

브렌트의 말에 민우가 가만히 생각에 잠겼다.

'그러고 보니, 아무도 무어라 하지 않았어. 뭐지? 날 위해서 저들이 참는 건가? 왜지? 내가 4번 타자라서?'

민우가 입을 다물고 있자 브렌트가 그 대답을 대신해 주었다.

"네 녀석이 팀을, 동료를 생각하는 마음을 잘 알고 있기 때문이겠지. 녀석들은 너의 경쟁자이지만 한편으론 같은 길을 걷는 동료이기 때문에 네가 겪고 있는 고통, 네가 어깨에 짊어지고 있는 4번 타자라는 짐이 얼마나 무거운지 잘 알고 있다. 네 녀석이 이 늦은 시간까지 미친 듯이 배트를 휘두르는 이유를 알기에 그들은 너에게 무어라 하지 않는 것이다."

"아……."

브렌트의 말을 듣자 민우는 동료들의 얼굴이 하나하나 떠올랐다.

자신이 억울한 판정으로 어이없게 물러날 때마다 위로의 말을 건네고, 말없이 어깨를 두드려 주던 모습들이 스쳐 지나갔다.

민우의 표정이 시시각각 변하는 것을 보고 있던 브렌트가 옅게 미소를 지었다.

"지금 팀의 4번 타자는 너지만, 항상 네가 모든 걸 책임지려고 할 필요는 없다. 야구는 1번부터 9번까지 돌아가면서 힘을 합쳐야 하는 스포츠니까. 네가 잠시 부진하더라도 그동안은 네 뒤의 다른 선수들이 더 분발해서 네 몫을 해줄 테니까. 지금 동료들이 널 믿어주듯, 너도 힘들 때는 네 뒤에 있는 동료들을 믿어주어라. 네가 책임감을 갖는 건, 베테랑이 되어서도 늦지 않다."

브렌트의 이야기에 민우는 마음속에 담아두고 있던 부담이 조금은 덜어지는 것이 느껴졌다.

민우의 얼굴에 4일 동안 보이지 못했던 미소가 오랜만에 그려졌다.

"예, 명심하겠습니다."

그 모습에 브렌트 역시 한 건 해결했다는 듯 고개를 끄덕거리고는 민우의 배트를 돌려주었다.

"자, 자러 가자. 내일 경기에서 졸면 안 되니까."

"예, 먼저 들어가십쇼. 저도 정리하고 들어가겠습니다."

민우의 말에 브렌트가 고개를 끄덕이고는 숙소의 입구로 들어갔다.

잠시 그 모습을 바라보던 민우가 이내 몸을 움직여 자신이 저질러 놓은 것들을 빠르게 치우고 숙소로 몸을 옮겼다.

숙소로 돌아온 민우는 책상에 놓아뒀던 스마트폰이 반짝거리는 것을 발견했다.

'이아름 기자님인가?'

휴대폰을 확인하니 민우의 예상과는 다른 이의 메시지가 도착해 있었다.

─한나 퍼거슨: 전화를 받지 않으시기에 메시지를 남깁니다. 강민우 선수의 계약 조정 건으로 LA다저스 단장, 네드 콜레티를 만나러 갈 예정입니다. 그와 관련해서 논의할 사항이 있습니다. 메시지를 보시면 연락주시기 바랍니다.

메시지가 온 시각은 민우가 경기 시작 전 훈련에 합류하기 위해 숙소를 떠났던 시각이었다.

메시지의 내용을 확인한 민우의 눈이 크게 떠졌다.

'내 계약을 조정한다고?'

분명 에이전트 계약을 할 당시에 모든 사항을 일임한다고 했었다.

'그리고 분명 더블A 승격은 올스타 브레이크 이후까지 꾸준히 활약하면이라는 단서를 붙였었는데… 무슨 일이 생긴 건가?'

잠시 퍼거슨의 얼굴을 떠올린 민우가 퍼거슨의 번호를 선택하고 통화 버튼을 눌렀다.

잠시 신호음이 간 뒤, 수화기 너머로 나긋나긋한 목소리가 들려왔다.

"예, 보라스 코퍼레이션의 한나 퍼거슨입니다."

"강민우입니다. 연락을 주셨더군요. 정신이 없어 미처 확인하지 못하고 있었습니다."

민우가 미안한 듯 이야기를 하자 퍼거슨은 나지막이 웃어 보였다.

"아닙니다. 시간이 늦었으니 안부 인사는 제쳐 두고 바로 용건을 말씀을 드리겠습니다. 지난번에 말씀드렸던 로빈슨 선수 기억하시죠?"

퍼거슨의 물음에 민우의 머릿속에 로빈슨에 대한 정보가 어렴풋이 떠올랐다.

'분명, 다저스의 중견수 유망주로 더블A에서 뛰고 있다고 했었지.'

"예, 기억합니다."

"그 로빈슨 선수가 일주일 전, 햄스트링 부상으로 7일짜리 부상자 명단(DL)에 올라갔었는데, 오늘 그 기간을 연장했습니다. 그래서 현재 채터누가 룩아웃츠에서 로빈슨을 대체할 만한 선수가 없는 실정이죠. 결과적으로, 헤레라가 분발하고 있지만 전문 외야수가 아닌 데다 타율도 2할 초중반에 머무르고 있어 당장 전문 중견수를 맡아줄 선수가 필요한 상태입니다."

퍼거슨의 이야기에 민우가 인상을 살짝 찌푸렸다.

부상에 관해서 누구보다 오래토록 고통을 겪었던 사람이 바로 민우 자신이었기 때문이다.

남을 챙길 만한 사정이 되지 않았기 때문에 로빈슨을 걱정하는 것은 사치였지만, 자연스레 마음이 가는 것은 어쩔 수가 없었다.

수화기 너머로는 서로의 표정을 살필 수 없었기에 퍼거슨은 계속해서 말을 이어나갔다.

"그래서 바로 지금이 강민우 선수에게 유리한 계약을 이끌어내기에 최적의 조건이라고 할 수 있는 거죠. 다저스 프런트에서는 이미 하이 싱글A에서 검증을 마친 강민우 선수를 더블A로 승격시킬 생각을 가지고 있을 겁니다."

"그렇군요."

퍼거슨의 핵심만 전해주는 말에 민우의 머리에 자연스럽게 그림이 그려졌다.

'최소한의 자원으로 운용되는 게 마이너리그인 만큼, 예기치 못한 부상은 하위 리그에서 뛰는 선수에겐 절호의 기회가 된다는 말이지.'

"아마 더블A 승격은 거의 확실하리라 생각됩니다만, 저는 거기서 그치지 않을 생각입니다."

"그치지 않다니요?"

민우가 의문스런 목소리로 묻자 곧장 퍼거슨의 대답이 들려왔다.

"이런 기회는 그리 흔치 않으니까요. 보장받는 조항이 많으면 많을수록 강민우 선수에게도 좋지 않겠어요?"

퍼거슨의 이야기에 민우의 얼굴에 걱정스러운 표정이 드리웠다.

'과욕을 부리다 화를 보지 않을까 걱정이 되는데.'

민우가 조심스럽게 퍼거슨에게 의견을 피력했다.

"저는 내년까지 계약에 묶여 있는 상태인데 구단에서 그렇게 쉽게 요구를 들어줄까요? 제가 단장이라도 최소한으로만 보장해 줄 것 같은데요."

민우의 걱정스러운 물음에 퍼거슨이 연락을 취한 본론을

꺼냈다.

"그래서 말인데, 만약 계약이 틀어진다면 팀을 떠날 생각은 있으신가요?"

"팀을… 떠나요?"

예상치 못한 물음에 당황한 민우의 목소리가 흔들렸다.

민우는 처음 LC에서 방출됐을 때를 떠올렸다.

방출의 충격에 이제 다 끝났다고 생각할 때, 자신을 찾아왔던 스카우터를 아직도 잊을 수가 없었다.

스카우터가 자신을 알아보고, LA다저스가 자신을 선택하지 않았다면 지금의 자신 또한 없었으리라는 생각을 항상 하고 있었다.

그런데 그렇기에 다저스를 자신의 발로 박차고 떠난다는 생각은 한 번도 해본 적이 없었다.

민우가 당황한 듯 보이자 수화기 너머로 퍼거슨의 차분한 목소리가 들려왔다.

"아, 오해하지 마세요. 최우선 목적은 콜레티를 압박하는 패로써 사용해 조금이라도 더 유리한 고지를 점령하겠다는 거니까요. 팀을 떠나는 것은 콜레티가 강민우 선수를 버리는 패로 사용할 때에나 벌어질 일이고요. 그렇지만, 제 식견으로는 다저스는 분명 강민우 선수를 잡을 거라고 봐요. 그러니 너무 걱정하지 마세요."

퍼거슨은 마치 안심하라는 듯이 대략적인 설명을 덧붙였다.

그 말에 다시 생각을 다잡은 민우가 천천히 입을 열었다.

"저는 되도록 다저스에 남고 싶습니다. 당장 기가 살았다고 은혜도 모르는 파렴치한이 되기엔 제가 그리 악하질 못하네요."

민우의 말에 퍼거슨은 홀로 미소를 지었다.

'처음 만남에서도 그랬지. 에이전트의 입장에서는 그다지 반갑지 않은 선수야. 하지만 사람 대 사람으로서는 정말 좋은 인물이야.'

"걱정하지 마세요. 보라스 코퍼레이션은 확신이 없는 계약은 시도하지 않으니까요. 방출을 당하거나 하는 일은 없을 겁니다."

퍼거슨의 목소리에는 확신이 차 있었다.

민우는 퍼거슨이 보라스 코퍼레이션 소속이라는 것을 되새기며 고개를 끄덕였다.

'보라스 코퍼레이션에서 실력도 없는 에이전트에게 보라스의 이름을 쓰게 하진 않을 거야. 서로 신뢰를 가지고 계약을 한 거니까 믿고 기다려 보자.'

"알겠습니다. 믿고 기다리겠습니다."

"네, 그동안 강민우 선수는 지금처럼 좋은 모습을 계속해서 보여주세요. 협상할 때 이쪽에서 내놓을 패가 많을수록 좋은 계약을 따낼 확률이 높으니까요."

퍼거슨의 말에는 후반기 민우의 부진을 속속들이 알고 있다는 기색이 느껴졌다.

'부진은 빠르게 탈출하라… 는 말을 돌려서 말한 거겠지.'

퍼거슨의 당부에 민우가 고개를 끄덕였다.

"예, 알겠습니다."

"그럼, 다시 연락드리겠습니다."

통화를 마친 민우는 휴대폰을 내려놓고는 바로 옆에 놓여 있던 의자에 앉은 뒤, 숨을 크게 내쉬었다.

"후우."

더블A 계약이 어떻게 진행될지는 이제 오롯이 퍼거슨의 손에 달려 있었다.

민우가 해야 할 일은 하루빨리 부진한 모습을 털어내는 것뿐이었다.

그러기 위해서는 주심의 스트라이크존을 이겨낼 묘책이 필요했다.

'후우, 답답하다.'

민우의 고민과 함께 밤은 서서히 깊어져 갔다.

*　　　*　　　*

다음 날.

해가 뉘엿뉘엿 넘어갈 시간, 원정 팀에 배정된 훈련 시간에 맞춰 식스티 식서스의 선수들이 그라운드에 하나둘 나타나기 시작했다.

연속된 원정 행군에 식스티 식서스 선수들의 표정엔 피곤한 기색이 조금씩 남아 있는 모습이 역력했다.

하지만 아무도 지난밤의 소란에 대해 누군가를 탓하거나 투덜대는 모습을 보이지 않고 있었다.

가장 일찍 그라운드에 도착해 몸을 풀고 있던 민우는 그런 동료들의 배려에 옅게 미소를 지었다.

'미안하고 고맙네. 그만큼 보답을 해야겠지.'

"아이고, 이게 누구신가. 어제 자장가를 들려주신 분 아니신가."

놀리는 듯한 목소리에 고개를 돌리니 실베리오가 어슬렁거리며 나타나고 있었다.

민우는 그 모습에 피식 웃으며 팔을 들어 인사를 하는 척하다가 실베리오의 목에 헤드락을 걸었다.

"지금 뭐라고 했냐."

"컥. 죄송합니다. 살려주세요."

목이 잡힌 실베리오가 민우의 팔을 손바닥으로 두드리며 항복을 선언했고, 그제야 민우가 팔을 풀어주었다.

"어휴. 장난 한 번 치다가 사람 죽어나겠네."

"후후. 나도 장난친 거야."

민우의 말에 실베리오가 어이가 없다는 눈빛으로 민우를 바라봤다.

"왜? 문제 있어?"

"뻔뻔한 놈. 으휴. 그래도 어제보단 상태가 나아져서 다행이네. 그동안 네가 얼마나 인상파였는지는 아냐?"

실베리오의 하소연에 민우가 피식 하고 웃어 보였다.

"네가 그 상황을 겪어봐라. 그런 표정이 안 나오나."

"난 그래서 루키 땐 주심한테 맨날 인사 꼬박꼬박 했거든. 잘 부탁드립니다~ 하고 말이야. 지금이야 연차 조금 쌓여서 주심한테 판정에 대해 어필 정도는 할 수 있지만."

"풉. 자랑이다."

민우가 웃음을 보이자 실베리오도 피식 웃어 보이며 한 가지 팁을 전해주었다.

"훗. 그러니까 민우 너도 심판들 앞에서는 고분고분한 척 행동해. 호박씨는 뒤에 와서 나랑 까자고."

"그래그래. 아주 고맙다."

민우가 고개를 끄덕이며 실베리오의 등을 팡팡 쳤다.

"훈련하러 가자."

국가 제창이 끝나고 더그아웃에 들어선 민우는 시선을 돌려 마운드 위로 오르고 있는 레이크 엘시노어의 선발 투수 배스를 바라봤다.

'우완 스리쿼터라고 했었지.'

배스는 데뷔 3년 차 투수로 93마일(149km)의 패스트볼에

85마일의 슬라이더와 커터, 그리고 82마일대의 체인지업을 장착한 투수였다.

그는 좌우타자를 가리지 않고 자신의 구종을 적절히 섞어 던지는 투수였는데, 대체로 우타자에게는 슬라이더를, 좌타자에게는 체인지업을 많이 던지는 경향이 있었다.

그리고 2스트라이크 상황에서는 결정구로 슬라이더를 선택하는 경향이 짙은 투수였다.

'바깥으로 빠져나가는 구종이 없다는 건 다행이군.'

민우는 배스의 자료를 머릿속으로 되새기곤 훈련에 합류해 경기를 준비하기 시작했다.

"플레이볼!"

마운드에 오른 배스가 공 5개 만에 연습 투구를 마치자 주심이 지체 없이 경기의 시작을 알렸다.

1번 부스는 좌타자였기에 민우가 자신의 타석에 대입해 비교를 하기에 좋은 표본이었다.

슈욱!

팡!

"스트라이크!"

초구는 스트라이크존 바깥의 구석을 노리는 패스트볼이었다.

'92마일이라. 스트라이크존 안으로만 들어오면 얼마든지 때

려낼 수 있을 텐데. 역시 주심이 문제겠지.'

하필이면 오늘 주심을 맡은 이는 민우의 마이너리그 데뷔 경기에서부터 애매한 판정을 보여주었던 심판, 바버였다.

당시, 판정을 이겨내고 스리런 홈런을 때려낸 기억을 어렴풋이 떠올렸다.

'에휴. 거기다 웰크한테 항의 한 번 한 거로 이미 단단히 찍혔으니, 오늘은 얼마나 넓은 존을 보여줄지 기대가 되는구나.'

민우는 속으로 한숨을 내뱉으면서도 배스와 부스의 대결에서 눈을 떼지 않았다.

슈욱!

팡!

2구는 바깥쪽으로 낮게 던지는 체인지업이었는데 크게 빠지는 공에 주심의 손은 미동조차 하지 않았다.

이후 3구는 바깥쪽 슬라이더를 파울로, 4구는 몸 쪽에서 크게 떨어지는 체인지업에 타이밍을 잃고 허무하게 헛스윙을 하며 아웃을 당하고 말았다.

부스가 더그아웃을 향해 털레털레 걸어오는 모습을 바라보던 민우는 배스에게로 시선을 돌렸다.

'체인지업은 두 개 다 빠졌는데, 카운트를 잡는 용도로 쓰는 건가?

이후 2번 구티에레즈가 초구 패스트볼을 받아쳐 1루로 진루했지만 3번 레이븐이 유격수 앞 병살타를 치며 순식간에 아웃 카운트를 모두 채우며 공격이 끝이 나고 말았다.

  오늘 식스티 식서스의 선발 투수는 전반기에도 레이크 엘시노어와의 1차전에서 등판했던 셰릴이었다.

  셰릴은 그 경기에서의 호투 이후, 환골탈태한 모습으로 이후 두 경기에서 6이닝 1실점, 7이닝 2실점을 기록하며 서서히 자리를 잡아가고 있는 모습이었다.

  셰릴의 변화에 투수 코치인 맷은 흡족한 표정을 지으며 공수에서 셰릴을 도왔던 민우를 마음속으로 칭찬했다.

  '민우 녀석의 호수비 하나가 셰릴을 바꿔놨어. 아주 좋아. 오늘 경기에서도 호투를 해준다면 금상첨화인데.'

  맷은 셰릴과 민우를 번갈아 바라보며 부디 오늘도 좋은 모습을 보여주길 바랐다.

                    *   *   *

  1회 말, 셰릴은 1번 컴벌랜드를 단 2구 만에 2루수 앞 땅볼로 잡아낸 뒤, 2번 타자를 삼진으로 잡아내며 순식간에 2아웃을 잡았다.

  그리고 타석에는 3번 타자인 벨놈이 들어섰다.

  벨놈은 셰릴이 뿌린 공 네 개를 신중하게 지켜봤고, 볼카운트는 2볼 2스트라이크가 되었다.

셰릴은 다음 타자인 블랭크스가 대기 타석에서 자신을 바라보는 것을 느꼈다.

블랭크스는 전반기 마지막 시리즈에서 셰릴을 상대로 3타석에서 2안타를 때려내며 셰릴을 괴롭혔던 타자였다.

4번 타자인 데다가 셰릴에게 강한 모습을 보였던 타자였기에 포수인 델모니코의 머리가 빠르게 돌아갔다.

'여기서 잡아내야 다음 이닝이 쉬워져. 벨놈은 아직 배트 스피드가 올라오지 않은 것 같고. 셰릴의 패스트볼 제구가 잘 되고 있으니까, 역시 바깥쪽 낮은 코스지.'

델모니코가 가랑이 사이로 손을 열심히 놀리자 셰릴이 고민 없이 고개를 끄덕였다.

이윽고 셰릴이 와인드업 자세를 취하며 빠르게 공을 뿌렸다.

슈욱!

'잡았다.'

공이 제대로 채이는 느낌에 셰릴이 확신을 갖는 순간.

딱!

가볍게 돌아간 벨놈의 배트가 구석으로 잘 꽂아 넣은 패스트볼을 깎아 치듯 툭 건드렸다.

벨놈이 때려낸 타구는 힘이 제대로 실리지 않은 채 가볍게 떠올랐다.

하지만 3루수의 키를 넘기기에는 그 정도로도 충분했다.

3루수가 힘껏 점프하며 글러브를 뻗어봤지만 애석하게도 타구는 외야로 빠져나가고 말았다.

그사이 벨놈은 여유 있게 1루 베이스를 밟으며 미소를 보이고 있었다.

벨놈의 출루로 2사 주자 1루가 되며 셰릴은 1회부터 블랭크스를 상대하게 되었다.

'하, 저걸 외야로 보내 버리네.'

그 모습에 셰릴이 아쉬운 기색을 내비쳤다.

델모니코는 글러브를 팡팡 두드리며 셰릴을 다독였다.

"나이스 피칭! 운이 나빴어. 잊어버리고 다시 집중하자고!"

셰릴은 델모니코의 말에 가볍게 고개를 끄덕이며 로진백을 매만졌다.

과거 부진에 빠졌던 때라면 벌써부터 식은땀을 흘리며 흔들렸겠지만, 지금은 등 뒤가 든든했기에 크게 부담이 되지 않았다.

'외야로 띄우기만 하면 웬만한 타구는 다 잡아줄 사람이 있으니까.'

뒤가 든든하니 공에 힘을 제대로 실어 던질 수 있었다.

1구와 2구를 그대로 흘려보낸 블랭크스는 3구째 낮은 코스의 스트라이크존에 살짝 걸치는 브레이킹 볼이 들어오자 벼락같이 배트를 내돌렸다.

쩍!

배트가 쪼개지는 듯한 타격음과 함께 타구가 포물선을 그리며 날아가기 시작했다.

배트에 맞는 느낌이 좋지 않았는지 블랭크스는 인상을 쓰며 배트를 옆으로 던지며 1루를 향해 빠르게 달려가기 시작했다.

"이크!"

부러진 배트가 마운드로 튕겨 날아오자 세릴이 급히 몸을 피했다.

─제3구. 쳤습니다. 배트가 부러졌네요. 세릴이 날아오는 파편을 아슬아슬하게 피했습니다. 그사이 센터 방면으로 향하는 플라이 볼. 강민우 선수가 앞쪽으로 빠르게 달려 내려옵니다.

블랭크스가 때려낸 공이 센터 방면으로 향함과 동시에 민우의 시야에 주황색 화살표가 나타났다.

'텍사스 안타 코스네. 힘이 있어서 그런가, 꽤 높이 올라갔어.'

민우가 타구를 바라보며 내야 방향으로 빠르게 뛰어 내려가며 자신이 잡겠다고 콜을 했다.

공을 쫓아 외야쪽으로 나오던 선수들이 양쪽으로 흩어졌다.

촤아아악!

픽!

민우가 가볍게 슬라이딩을 하며 내민 글러브에 공이 잡히는 소리가 들려왔다.

손에 느껴지는 묵직한 감촉에 민우가 글러브를 가볍게 말아 쥐고는 미소를 지으며 더그아웃으로 달려가기 시작했다.

─중견수 강민우 선수가 빠르게 달려 내려옵니다! 멋진 슬라이딩 캐치! 블랭크스의 텍사스 안타가 될 뻔한 타구를 깔끔하게 처리합니다. 레이크 엘시노어의 1회 말 공격은 득점 없이 끝이 납니다. 2회 초, 식스티 식서스의 공격으로 이어지겠습니다.

먼저 더그아웃에 들어가 있던 셰릴이 손수 민우의 배트와 보호 장구를 챙겨 대기 타석까지 가져다주었다.

"나이스 캐치. 홈런 하나 부탁해."

씨익 웃으며 가볍게 이야기하는 셰릴의 모습에 민우가 고개를 끄덕였다.

"주심이 존 가지고 장난만 안 친다면 그래 줄 텐데 말이지."

민우의 대답에 셰릴이 피식 웃으며 말없이 민우의 어깨를 두드려 주었다.

2회 초, 준비를 마친 민우가 선두 타자로 타석에 들어서고 있었다.

그러자 관중석에서 일제히 야유가 들려오기 시작했다.

"우우우우!!"

"삼진! 삼진!"

"집에 가서 바나나나 까먹어라!"

"치욕은 반드시 갚아준다!"

지난 원정 경기에서는 겪어보지 못했던 엄청난 수준의 야유에 민우는 조금 놀라고 말았다.

경기장에 들어온 수천 명의 관중이 내지르는 야유는 민우의 귀를 간질이는 수준을 넘어 심장을 두근거리게까지 하고 있었다.

'와, 무슨 야유를 이렇게 심하게 하냐. 뭐, 전반기 1위를 내가 빼앗아갔다고 생각하는 건가?'

되돌아보면 민우가 레이크 엘시노어를 물 먹인 것은 사실이긴 했다.

하지만 그것만으로 자신에게 야유를 보내는 것은 이해가 되지 않았다.

'결국 우리는 많은 승리를 따냈고, 레이크 엘시노어는 패배가 더 많아서 뒤집어졌을 뿐인데. 왜 나한테 저러는 거야.'

민우는 못내 신경이 쓰이는 듯, 인상을 팍 찌푸리며 미간을 주물렀다.

민우로서는 이해가 되지 않았지만, 레이크 엘시노어의 팬들에게는 그저 분노의 화살을 날릴 대상이 필요했을 뿐이었다.

자신들의 위로 올라가 1위를 차지한 팀인 식스티 식서스, 그리고 그중에서 4번 타자를 맡아 타선을 이끌고 있는 민우는 그들이 분노를 표출할 아주 적절한 타깃이었다.

—2회 초가 시작되자마자 홈 팬들이 엄청난 야유를 보내고 있네요. 그리고 그 야유의 주인공이 천천히 그라운드로 나서고 있습니다. 타석에는 식스티 식서스의 4번 타자, 강민우 선수가 들어섭니다.

—강민우 선수가 레이크 엘시노어 팬들에게 단단히 미움을 받고 있네요. 아무래도 전반기 마지막 시리즈에서 3승 1패를 당하며 기세가 꺾인 것 때문이겠죠?

—거기에 강민우 선수가 후반기 들어 슬럼프에 빠진 듯한 모습을 보이고 있거든요. 레이크 엘시노어의 팬들은 상대 팀 4번 타자의 슬럼프가 길게 이어지기를 바라고 있을 겁니다. 지금의 야유는 그런 목적도 포함되어 있으리라 추측이 되는군요.

—그렇군요. 그런 의도라면 강민우 선수가 이제 데뷔 한 달을 갓 채우고 있다는 점을 생각했을 때 심리적으로 어느 정도 영향이 있지 않겠나 하는 생각입니다.

'후. 차라리 사막의 고온이 나을지도 모르겠군.'

민우는 귓가를 때리는 소리를 애써 무시하고는 천천히 배터 박스에 들어서 자리를 잡기 시작했다.

'일단은 정석대로 자리를 잡아서 상대해 보고, 다음 타석에 대비하는 식으로 가자.'

배터 박스의 땅을 발로 고른 민우가 배터 박스의 가장 앞쪽 가운데에 자리를 잡았다.

그 모습을 바라보던 포수가 주심을 부르며 무어라 중얼거리기 시작했다.

"바버. 쟤 발이 배터 박스를 넘어갔는데요?"

'이건 또 뭔 소리야.'

귓가에 들려오는 포수의 목소리에 민우가 황당한 표정으로 배터 박스를 내려다봤다.

배터 박스의 앞부분에 그려져 있던 라인이 흐릿하게 흩어져 있었고, 민우의 발은 라인 안쪽에 정확히 걸쳐 있었다.

'흔드는 방법도 아주 가지가지 하는구나.'

포수의 말에 주심이 홈 플레이트 쪽으로 다가와 민우에게 주의를 줬다.

"배터 박스를 벗어나지 않도록 주의해라."

"예."

민우는 가볍게 대답하며 고개를 끄덕여 보였다. 그리고 주심이 자리로 돌아가는 사이 포수를 노려봤다.

하지만 포수는 자기는 아무것도 모른다는 듯이 마스크로 얼굴을 가린 채 투수만을 바라보고 있을 뿐이었다.

—음. 주심이 강민우 선수에게 무언가 주의를 하는 모습인데요. 배터 박스에서 발이 벗어나지 않도록 주문하는 것 같네요.

—대놓고 넘어가지 않으면 저렇게 주의를 주지 않는 것이 보통인데, 규칙은 규칙이니 지켜야겠죠?

메버릭스의 포수에 이어 레이크 엘시노어의 포수까지 비슷한 행동을 보이자 민우의 미간이 살짝 찌푸려졌다.

'이거 마치 날 괴롭히라고, 심판한테 미움 받고 있다고 누가 소문이라도 낸 것 같잖아.'

민우는 머릿속에서 떠오르는 추측들을 다시 저편으로 밀어 넣고는, 마음을 추스르며 시선을 앞으로 돌렸다.

민우가 시선을 돌리는 모습을 본 포수가 기다렸다는 듯 투수를 향해 사인을 보내기 시작했다.

이윽고 고개를 끄덕인 배스가 와인드업 자세를 취했다.

쑤아악!

'윽.'

민우는 몸 쪽으로 날아오는 빠른 패스트볼에 식겁하며 허리를 급하게 뒤로 쭉 내뺐다.

팡!

포수 미트에 공이 강하게 꽂혔지만 주심은 볼이라고 판단하고 미동조차 하지 않는 모습이었다.

─초구는 몸 쪽을 찌르는 패스트볼! 볼입니다. 강민우 선수가 위협적인 공을 아슬아슬하게 피했습니다.

─오늘 배스의 패스트볼 제구는 그리 나쁜 편이 아니었거든요. 엘시노어의 배터리의 방금 전 공은 강민우 선수를 홈 플레이트에서 멀찍이 떨어뜨리려는 의도가 다분해 보이는 공이었습니다.

'어휴.'

가만히 있었으면 맞을 수도 있었을 거란 생각이 들자 민우가 숨을 크게 내쉬었다.

'홈 플레이트에서 떨어뜨릴 심산인 건가.'

민우가 배터 박스에 다시 자리를 잡자 배스가 곧장 다음 공을 뿌렸다.

슈우욱!

'몸 쪽 다음은, 다시 바깥쪽이냐.'

빠른 공 다음에 다시 빠른 공.

거기에다 코스는 민우가 후반기 시작과 함께 유독 판정에 손해를 보는 코스 중 하나인 바깥쪽 코스였다.

팡!

공이 한 개 정도 빠진 곳으로 들어오는 모습에 민우는 배트를 내밀지 않았다.

'이건 백 프로 볼이야.'

찰나의 정적 후, 주심이 한손을 들며 콜을 외쳤다.

"스트라이크!"

그 모습에 민우는 배트를 돌리며 화를 삭이고는 애써 앞을 바라봤다.

'어떡하지. 저 공을 계속 잡아준다고 하면 삼진은 피할 수가 없다.'

엘시노어의 배터리는 민우에게 생각할 시간을 주지 않겠다는 듯, 빠르게 사인 교환을 마쳤다.

'몸 쪽으로 떨어지는 체인지업.'

포수의 사인에 고개를 끄덕인 배스가 와인드업 자세를 취하고는 스트라이드를 크게 내디디며 빠르게 공을 뿌렸다.

슈우욱!

몸 쪽 스트라이크존으로 향하는 공에 민우가 움찔하려던 순간, 공이 밑으로 가라앉는 것이 느껴졌다.

'체인지업!'

빠른 판단과 동시에 민우는 발동을 걸던 배트를 뒤로 당겼다.

팡!

포구와 동시에 민우의 배트가 움직이는 모습을 본 포수가 빠르게 3루심에게 손을 뻗어 판정을 기다렸다.

그에 3루심은 양팔을 옆으로 벌리며 세이프임을 확인시켜 주었다.

'휴, 그래도 이건 제대로 봐주는 건가.'

세이프 판정에 민우는 겉으로는 표정 변화를 보이지 않았지만 속으로는 안도의 한숨을 내쉬었다.

방금 전의 판정으로 볼카운트는 2볼 1스트라이크가 되었다.

'원래는 3볼 노 스트라이크가 맞지만.'

이후 4구는 바깥쪽으로 크게 빠지는 체인지업으로 볼, 5구는 바깥쪽에서 크게 휘어져 들어오는 백 도어 슬라이더로 스트라이크를 내어주고 말았다.

'휴. 슬라이더를 가장 선호한다더니, 궤적이 정말 일품이다. 우타자였으면 꽤나 애를 먹었을 거야.'

어느새 볼카운트는 3볼 2스트라이크, 풀카운트가 되었다.

이제 공 하나에 희비가 갈릴 수도 있는 상황이 되었다.

민우는 잠시 배터 박스에서 물러나 장갑을 매만지며 머리를 굴리기 시작했다.

'언제까지 스트라이크존 바깥으로 걸치는 공을 보낼 수만은 없는데……. 그렇다고 때려내자니 잘 맞아야 안타인데, 어쩐다.'

순간, 민우의 뇌리에 브렌트가 자신에게 해준 말 한마디가 떠올랐다.

'내가 모든 걸 책임질 필요는 없다고… 뒤에 있는 동료를 믿으라고 하셨지.'

4번 타자를 맡은 이후, 자신도 모르게 큰 타구를 날려야 한다는 강박감이 몸에 배어들고 있었다.

이제 갓 2회가 지나고 있을 뿐이었다. 승부의 추는 어느 쪽으로도 기울지 않은 상태였다. 지금은 그 무게를 혼자 짊어질 필요 없이, 잠시 동료들에게 맡겨놓아도 될 때라는 뜻이기도 했다.

'항상 큰 걸 노린다는 건 어불성설이겠지.'

주심이 민우에게 주의를 주려는 제스처를 취하자, 민우가 잽싸게 선수를 치며 배터 박스로 들어섰다.

주심은 무어라 하지 못한 것이 아쉬운 듯 입맛을 쩝 하고 다시는 모습이었다.

이윽고 포수와 사인 교환을 끝낸 배스가 글러브를 가슴 앞으로 올리고는 와인드업 자세를 취하며 공을 뿌렸다.

슈우욱!

'바깥쪽 패스트볼!'

배스의 손에서 공이 떠나는 순간, 민우의 눈이 빠르게 구종을 판단하며, 허리에 시동을 걸었다.

6구는 스트라이크존에서 공 반 개는 빠진 코스로 날아드는 패스트볼이었다.

'살짝 빠지긴 했지만, 때릴 수는 있는 코스. 쳐낸다!'

예의 바깥쪽 높은 코스로 날아드는 공을 향해 한 번도 휘두르지 않던 민우의 배트가 빠르게 돌아나갔다.

딱!

─풀카운트 승부. 쳤습니다! 좌익선상으로 낮게 쏘아지는 타구! 3루수가 잽싸게 몸을 날립니다.

민우가 힘으로 밀어낸 타구는 좌익선상을 향해 낮은 각도로 뻗어나가기 시작했다.

민우는 배트를 울리는 저릿한 느낌을 억누르며 스윙을 끝까지 마치고는, 곧바로 배트를 놓고 1루를 향해 달리기 시작했다.

타다다닷!

민우가 가만히 서서 루킹 삼진을 당하리라 예상했던 상대 배터리가 당혹스런 표정을 지으며 눈으로 타구를 쫓기 시작했다.

3루를 향하는 빠른 타구에 3루수가 급하게 몸을 날리며 노 바운드로 잡아내려는 듯한 몸짓을 보였다.

'잡을 수 있어!'

3루수가 몸을 던지며 쭉 뻗은 글러브에 민우의 타구가 빨려 들어갈 듯 보였다.

슈욱!

그러나 민우가 배터 박스의 앞에서 때려낸 타구는 3루수의 생각보다 훨씬 더 낮고 빠르고 날아가고 있었다.

툭!

결국 3루수의 글러브의 끝에 살짝 스친 타구가 파울라인 바깥쪽으로 방향을 바꾸며 속도가 줄어든 채 튕기며 굴러가기 시작했다.

─3루수가 몸을 날립니다… 만 글러브에 맞고 굴절되는 타구! 페어볼입니다! 장타성 코스! 글러브에 맞은 타구가 방향이 바뀐 채 파울라인을 지나 3루 측 관중석 방향으로 굴러갑니다!

그사이 1루에 거의 도달했던 민우는 타구가 3루수의 글러브에 맞고 굴절되는 모습을 보자마자 빠르게 판단을 내렸다.

'좋아! 2루까지 충분히 갈 수 있어!'

판단과 동시에 속도를 더 붙인 민우가 근육을 더욱 조이며 2루를 향해 빠르게 내달리기 시작했다.

타다다닷!

그사이, 뒤늦게 펜스 쪽으로 달려 내려와 공을 잡은 좌익수가 2루를 바라봤다.

하지만 민우는 이미 2루에 거의 도달해 있는 상태였다.

민우는 좌익수가 자신을 잡기에는 이미 늦었다는 판단에 속도를 줄이며 2루 베이스를 선 채로 밟을 수 있었다.

─강민우 선수의 2루타가 터집니다. 식스티 식서스의 오늘 경기 첫 장타입니다.

─3루수가 충분히 잡을 수 있는 공으로 보였습니다만, 강민우 선수의 타구가 생각보다 빠르게 날아갔고, 아주 약간의 틈을 만들면서 글러브를 스쳤거든요. 만약 스치지 않고 빠져나갔다면 단타가 될 수도 있던 타구였는데, 레이크 엘시노어로서는 운이 따르지 않았다고 봐야겠습니다.

─무사에 주자 2루. 식스티 식서스가 득점권에 주자를 내보냅니다.

─이어서 타석에는 5번 타자, 해치가 들어섭니다.

욕심을 버리니 의외의 2루타가 터지는 모습에 민우가 기분 좋게 웃어 보였다.

특히 자신의 신경을 거슬리게 하던 포수에게 한 방을 먹였다는 생각에 더욱 기분이 좋았다.

'운이 따라준 거긴 하지만… 이건 이거대로 좋은걸.'

이후 타석에 들어선 해치가 배스의 초구를 통타해 큼지막한 2루타를 때려내며 민우를 홈으로 불러들였다.

민우가 홈 플레이트를 밟으며 스코어는 0 대 1이 되었고, 식스티 식서스가 한 점을 먼저 앞서나가게 되었다.

"나이스 민우!"

"잘했어!"

더그아웃으로 들어서는 민우에게 다가온 선수들이 하이파이브를 날리며 득점의 기쁨을 나눴다.

하지만 이후 6번 실베리오가 삼진, 7번 갤러거가 좌익수 플라이, 8번 가르시아가 유격수 앞 땅볼로 물러나며 추가 득점을 거두지 못한 채 공격을 마무리하고 말았다.

이후 민우는 4회 초, 무사 1루 상황에 다시 한 번 타석에 들어섰지만 2볼 2스트라이크 상황까지 가는 접전 끝에 바깥쪽 낮은 코스로 빠지는 공에 허무하게 삼진을 당하며 무기력하게 물러나고 말았다.

경기는 6회 초까지 투수전의 양상을 띠며 진행되고 있었다.

배스는 6이닝 동안 3안타 1실점을 기록하고 있었고, 셰릴은 5이닝 동안 6개의 안타를 맞았지만 득점권까지는 내어주지 않는 집중력을 보여주고 있었다.

하지만 5회 말, 연속 2안타를 맞는 모습을 보이며 조금씩 불안한 조짐을 보이고 있었다.

6회 말.

슈욱!

따악!

레이크 엘시노어의 1번 타자 컴벌랜드가 셰릴의 패스트볼을 가볍게 밀어 쳐 안타를 만들어냈다.

그리고 뒤이어 올라온 2번 피구에로아는 7구까지 가는 접전 끝에 볼넷을 얻어내며 출루에 성공했다.

셰릴은 아웃 카운트를 하나도 잡지 못한 채 1, 2루에 주자를 내보내며 다시 한 번 위기를 맞고 있었다.

"후우."

셰릴이 크게 숨을 내뱉으며 로진 백을 매만졌다.

경기는 중반을 넘어섰지만 아직까지 1점 차의 아슬아슬한 리드를 이어가고 있는 상황.

'안타 하나면 순식간에 동점이다. 거기다 상대는 3번부터 시작되는 중심타선이야. 막아야 한다.'

외야에서 셰릴이 주자를 내보내는 것을 바라보고 있던 민우도 비슷한 생각이었다.

'배스는 2회 이후부터 흔들리지 않고 있어. 상황을 봐서는 7회까지 올라올 것 같은데, 여기서 우리가 실점을 내준다면 조금 위험해질 거야. 여차하면 '대도' 스킬을 쓰는 것도 아끼지 말아야겠어.'

슈욱!

꽝!

"스트라이크 아웃!"

"쳇!"

셰릴의 떨어지는 유인구에 크게 헛스윙을 한 벨놈이 아쉬움이 가득한 눈빛으로 타석에서 물러났다.

셰릴은 벨놈이 크게 헛스윙을 하는 모습에 가볍게 기뻐했다.

'좋아!'

벨놈을 삼진으로 돌려세우며 상황은 1사 1, 2루가 되었다.

하지만 타석으로 들어서는 블랭크스의 여유로운 몸짓에 셰릴은 다시 마음을 다잡았다.

'하필이면 또 저 녀석인가.'

배터 박스에 들어선 블랭크스는 여유 있게 배트를 한 번 돌리고는 자세를 낮추며 타격에 임할 준비를 마쳤다.

셰릴은 더 이상 블랭크스가 거대해 보이지는 않았지만, 그렇다고 작아 보이지도 않았다.

방심할 수 없는 상대가 바로 블랭크스였다.

블랭크스는 몸 쪽 공에는 3할 이상의 기록을 보이고 있었지만 바깥쪽, 특히 낮은 코스는 2할을 간신히 넘기는 타율을 기록하고 있었다.

앞선 첫 타석에서 중견수 플라이를 뽑아냈던 것도 바로 이

낮은 코스로 보낸 공이었다.

비록 두 번째 타석에서는 단타를 맞긴 했지만 4번 타자인 블랭크스를 단타로 막아냈다는 것도 의의가 있는 것이었다.

'안쪽으로 쏠리지만 않는다면 얼마든지 막을 수 있을 거야.'

머리로는 알고 있었지만 이전 이닝부터 제구가 조금씩 흔들리고 있었기에 셰릴은 한 구 한 구를 신중히 뿌리리라 마음먹었다.

델모니코와의 사인 교환을 마친 셰릴이 빠르게 공을 뿌리기 시작했다.

슈욱!

"볼!"

슈욱!

팡!

"스트라이크!"

'좋아!'

셰릴은 회심의 패스트볼이 스트라이크존에 정확히 꽂히며 블랭크스를 꼼짝하지 못하게 하자 속으로 작게 환호성을 질렀다.

스트라이크존의 낮은 코스로 강하게 꽂아 넣는 공에 블랭크스가 움찔하고는 아쉬운 표정으로 배트를 매만지는 모습을 보이고 있었다.

볼카운트는 2볼 2스트라이크.

셰릴에게 꽤나 유리한 카운트였다.

셰릴은 조금 전에 공이 채이는 느낌이 꽤나 만족스러웠기에 빠른 공을 한 번 더 바깥쪽 낮은 코스로 꽂아 넣기를 바랐다.

하지만 델모니코는 블랭크스를 상대로 같은 구종을 같은 코스로 꽂아 넣는 것은 위험하다는 판단을 내렸다.

'메이저리그 경험은 헛된 게 아니니까. 거기에 주자는 1, 2루. 신중해야 해.'

고민을 거듭하던 델모니코가 선택한 공은 백 도어 커브였다.

'방금 전의 공으로 블랭크스도 셰릴의 패스트볼의 위력을 봤을 테니까, 반대로 가장 멀고 가장 낮은 코스의 커브로 가 보자.'

결정을 내린 델모니코가 다리를 오므리고는 손가락을 빠르게 움직이기 시작했다.

2루 주자가 가랑이 사이로 움직이는 손가락을 예의 주시하고 있었지만 상관없었다.

'진짜 사인은 우리만 아니까.'

이내 사인을 확인한 셰릴이 고개를 끄덕이자 델모니코가 주먹으로 글러브를 팡팡 때린 뒤, 몸을 바깥쪽으로 살짝 움직이고는 글러브를 앞으로 내밀었다.

셰릴은 1루와 2루 주자를 힐긋 쳐다보고는 세트 포지션으로 빠르게 공을 뿌렸다.

슈우욱!

셰릴의 손에서 공이 뿌려짐과 동시에 블랭크스가 스트라이드를 내디디며 배트를 돌리기 시작했다.

델모니코는 블랭크스의 허리 회전이 조금 빠른 듯 보이자 회심의 미소를 지었다.

'좋아.'

델모니코가 날아오는 공을 향해 미트를 오므릴 준비를 하는 순간.

따악!

'뭣?'

순간, 블랭크스가 무릎을 살짝 굽히며 팔을 뻗더니 기어코 타구를 배트의 스위트 스폿 부근에 맞춰내며, 타구를 외야로 높이 띄워 버렸다.

—제5구! 블랭크스가 퍼 올립니다! 타구가 큰 포물선을 그리며 센터 방면으로 뻗어나갑니다! 그리고 기다렸다는 듯이 강민우 선수가 타구를 쫓아 빠르게 내달립니다!

마치 메이저리거라는 것을 새삼스레 알려주듯, 쳐내지 못하리라고 생각한 공을 때려내는 블랭크스의 모습에 델모니코와 셰릴이 허탈한 웃음을 지으며 외야로 날아가는 타구를 눈으로 쫓기 시작했다.

센터 방면에서 살짝 좌측으로 치우쳐 뻗어가는 타구.

그리고.

띠링!

[돌발 퀘스트 발동—One Shot Two Kill! (4/5)]

—외야 플라이를 잡아내십시오.

—태그 업을 시도하는 주자를 잡아내십시오.

—성공 시 영구적으로 수비 +1, 송구 +1. 50포인트 지급.

—실패 시 일주일간 수비 −3, 송구 −3. 경기 종료 후 하루 동안 근육통 발생.

—본 퀘스트는 발생 횟수에 제한이 없습니다.

'퀘스트가 떴다는 건, 반드시 잡아내라는 말이지!'

타다다닷!

'대도!'

지이잉!

민우는 시야 상단에 검붉은 화살표가 떠오르자마자 '대도' 스킬을 발동시키며 엄청난 속도로 스퍼트를 하기 시작했다.

민우에게 한 번 당했던 기억이 있던 레이크 엘시노어였기에 안타가 될 것처럼 보이는 타구임에도 2루 주자인 컴벌랜드는 선불리 하프 웨이를 하지 못하는 모습을 보이고 있었다.

오히려 주춤주춤 뒤로 물러서며 태그 업을 준비하기 시작했다.

'저 녀석이 아무리 빨라도, 나도 주력 하나는 자신 있다고.'

그리고 민우가 워닝 트랙을 10미터 정도 앞에 둔 위치에서 타구를 잡아내는 순간.

타다닥!

컴벌랜드가 뒤도 돌아보지 않은 채 3루를 향해 냅다 내달리기 시작했다.

ㅡ블랭크스의 타구는 중견수의 글러브로 빨려 들어갑니다. 동시에 2루 주자 태그 업!

쌔에엑!

컴벌랜드는 귓가를 날카롭게 스쳐가는 바람 소리와 함께 3루를 바로 몇 걸음 남겨두고 있었다.

'된다!'

3루 코치가 무릎을 굽히며 양손을 아래로 내리는 제스처를 취하자 컴벌랜드가 달리는 속도 그대로 있는 힘껏 몸을 내던졌다.

쑤아악!

순간, 귓가에 들려오는 바람을 가르는 소리에 컴벌랜드가 의문을 가졌다.

'쑤아악?'

촤아아악!

있는 힘껏 뻗은 손이 3루 베이스에 닿으려는 순간.

픽!

'어?'

가죽이 울리는 소리와 함께 컴벌랜드의 눈에 베이스보다 더욱 빠르게 다가오는 3루수의 글러브가 보였다.

툭!

그리고 컴벌랜드의 손이 베이스에 닿기 바로 직전, 그사이를 가로막은 글러브가 컴벌랜드의 손을 자연스럽게 옆으로 밀어냈다.

'어어?'

컴벌랜드는 순간적으로 벌어진 일에 멍한 표정으로 베이스 위에 쪼그려 앉아 3루심을 바라봤다.

3루심은 그런 컴벌랜드를 향해 주먹을 거칠게 휘둘러 보였다.

아웃!

3루심의 확인 사살에 컴벌랜드가 황당한 표정으로 3루 코치를 바라봤다.

레이크 엘시노어의 3루 코치는 컴벌랜드와 마찬가지로 허탈한 웃음을 보이며 컴벌랜드의 어깨를 두드렸다.

"아아아!"

"또야!"

"괴물 같은 놈."

더그아웃에서 숨을 죽인 채 그 모습을 바라보던 레이크 엘시노어의 선수들은 순식간에 벌어진 상황에 일제히 머리를 싸매며 고개를 숙이거나 멍한 표정을 지어 보였다.

"꺄아아아아악!!"

"역시 강이다!"

"하하! 민우를 얕보지 말라고!"

"강! 강!"

민우에게 야유를 보내던 홈 팬들에게 들으라는 듯, 수백의 원정 팬이 민우의 멋진 활약에 목이 터져라 소리를 지르고 있었다.

그 모습을 바라보는 레이크 엘시노어의 팬들은 똥이라도 씹은 표정을 지은 채 의자에 늘어져 그 모습을 바라보고 있을 수밖에 없었다.

—3루! 3루에서! 아웃! 아웃입니다. 중견수 강민우 선수의 레이저 송구가 3루에서 주자를 잡아냅니다. 강민우 선수가 정말 완벽한 수비에 이어서 정말 강력한 송구를 보여주네요! 팀의 실점 위기에서 아웃 카운트 두 개를 모두 자신의 손으로 만들어냅니다. 이닝 종료!

—컴벌랜드 선수가 발이 빠른 선수지만 이번에는 조금 무리였다고 보이네요. 컴벌랜드 선수만큼 강민우 선수도 빠른 발

을 가졌다는 것을 잠시 망각한 것 같습니다. 거기에 강한 어깨까지 가졌다는 점을 감안하면 조금 무리한 베이스 러닝이 아니었나 생각됩니다.

─단 한 번의 판단 미스로 레이크 엘시노어의 득점 기회는 이렇게 사라져 갑니다.

"그렇지!"

공이 제대로 채이는 느낌에 잡았다는 확신을 가진 민우는 3루심의 손이 주먹을 쥐는 모습을 보이는 것을 확인하고는 글러브를 두들기며 기쁨을 만끽했다.

띠링!

[돌발 퀘스트─One Shot Two Kill! (5/5) 결과]

─외야 플라이를 성공적으로 잡아냈습니다.

─빠르고 완벽한 송구로 2루 주자의 태그 업 플레이를 저지해냈습니다.

─퀘스트 성공 보상으로 영구적으로 수비 +1, 송구 +1이 상승합니다. 50포인트가 지급됩니다.

─동일 퀘스트를 5연속으로 성공했습니다. 연속 성공 보상으로 추가적으로 200포인트가 지급됩니다.

익숙한 퀘스트 결과 알림창에 민우가 가볍게 고개를 끄덕이자, 또 하나의 알림이 울렸다.

띠링!
―특성 '레이더'의 등급 업 조건을 달성했습니다.
―'레이더' 등급이 B등급으로 상승합니다.

'어? 등급 업 조건을 달성했다고?'

갑작스런 알림에 설명을 확인하려던 민우는 곁으로 다가오는 부스의 기척에 알림창을 닫으며 부스를 바라봤다.

'확인은 나중에 하자.'

부스가 글러브를 내밀어 하이파이브를 하자는 제스처를 보이자, 민우도 웃음을 보이며 글러브를 맞댔다.

"이번에도 한 건 했구나. 셰릴이 좋아 죽으려고 하는데?"

만약을 대비해 민우의 백업으로 달려왔던 부스가 민우를 칭찬하며 마운드 쪽을 가리켰다.

더그아웃으로 달려가며 바라보니 셰릴이 뒷걸음을 치면서 미소를 띤 채, 민우를 향해 엄지손가락을 들어 보이고 있었다.

"후후."

그 모습에 민우가 기분 좋은 미소를 지었다.

민우가 가까이 다가가자 셰릴이 민우에게 주먹을 내밀었다.

"레이크 엘시노어 놈들이 민우 너한테 트라우마가 생길 것 같은데?"

"후후후. 그렇다면 금상첨화지."

민우가 주먹을 내밀어 셰릴의 주먹을 툭 치며 관중석을 올려다봤다.

그러자 수많은 관중이 자신을 향해 적대적인 시선을 보내고 있는 것이 보였다.

그 모습에 민우는 등골이 오싹한 느낌이 들었고, 종종걸음으로 더그아웃으로 들어가 버렸다.

'금상첨화는 아닐지도……'

7회 초, 식스티 식서스의 선두 타자는 4번 강민우였다.

딱!

'빠져라!'

민우는 풀카운트 승부까지 가는 끝에 바깥쪽 낮은 코스로 빠지는 공을 툭 건드렸다.

픽!

하지만 이번에는 3루수가 펄쩍 점프를 하며 타구를 낚아채 버렸다.

―아~ 강민우 선수의 타구가 3루수의 글러브에 걸리고 맙니다. 전 타석과 비슷하게 날아가는 타구였지만 이번엔 3루수가 잡기 훨씬 수월했네요. 1아웃이 됩니다.

"에이."

1루를 향해 몇 걸음을 채 달리지도 못한 민우가 아쉬운 마음으로 돌아서 더그아웃으로 돌아갔다.

'레이더.'

더그아웃 의자에 앉은 민우가 특성의 이름을 떠올리자 좌상단에 있던 글러브에서 무언가 빠져나와 눈앞에 펼쳐졌다.

[레이더, B등급]

—수비 시 타구의 방향을 예측하여 타구 판단을 돕는다.

—타구를 추적하여 낙하할 지점이 그라운드에 실시간으로 표시된다.

—슬라이딩 수비 성공 확률이 높아진다.

—등급 업 조건

'수비' 등급: 레어/유니크—미달성.

슬라이딩 캐치: 0/30—미달성.

펜스 플레이: 0/30—미달성.

홈런 훔치기: 0/5—미달성.

'One Shot Two Kill!' 퀘스트: 0/5—미달성.

설명을 천천히 읽어 내려가던 민우는 새로이 추가된 부분을 확인하고는 순간 눈에 이채를 띠었다.

'기존에는 방향만 표시해 줬는데, 이젠 낙구 지점을 그라운드에 표시해 준다라……'

민우는 잠시 머릿속으로 타구가 날아오는 장면을 상상해 보았다.

'뭐, 낙구 지점까지 몇 발자국 남았습니다. 이런 건 아니겠지?'

잠시 엉뚱한 상상에 빠졌던 민우가 고개를 저으며 설명창을 닫았다.

'정확한 건 수비하러 나가보면 자연스럽게 알 수 있겠지. 그건 그렇고……'

민우의 시선이 새로이 추가된 등급 업 조건으로 향했다.

'당연하겠지만 점점 어려워지는구나. 나중에 승격하게 되면 저런 기록을 달성하는 게 더욱 힘들어지겠지.'

메이저리그에 가까워질수록 투수의 구위, 타구의 질, 타자의 실력 등 모든 방면에서 지금보다 훨씬 뛰어난 선수들이 수두룩할 것이 분명했다.

잠시 고민하던 민우가 이내 고개를 흔들었다.

'지금 생각해 봐야 아무 소용없는 일이지. 경기에 집중하자.'

생각을 접어 넣은 민우가 그라운드로 시선을 돌렸다.

민우가 아웃된 이후, 해치가 안타를 때려내며 출루에 성공

했지만, 6번, 7번 타자가 연속으로 중견수 플라이로 물러나며 득점 없이 공격이 끝나고 말았다.

이후 양 팀이 소득 없는 공방전을 계속 이어가던 9회 초.

선두 타자로 나선 민우가 투수 옆을 스치는 깨끗한 안타를 뽑아내며 출루에 성공했고, 이후 실베리오의 홈런에 가볍게 홈을 밟으며 득점에 성공했다.

이 점수로, 스코어는 더욱 벌어져 0 대 3이 되며, 식스티 식서스에게로 승리의 추가 더욱 기울어졌다.

9회 말 1아웃, 타순이 돌고 돌아 다시 레이크 엘시노어의 1번, 컴벌랜드의 타석이 돌아왔다.

민우는 외야에서 글러브를 만지작거리며 마운드에 올라 있는 라이언의 뒤통수를 뚫어져라 쳐다보고 있었다.

"흐으으음."

셰릴의 뒤를 이어 8회부터 마운드에 오른 라이언은 레이크 엘시노어의 타선을 꽁꽁 묶으며 단 한 개의 타구도 외야로 향하지 못하도록 위력적인 피칭을 이어가고 있었다.

이제 경기가 끝나기까지 아웃 카운트는 단 2개 만이 남은 상태였다.

민우가 빈 글러브만을 만지작거리며 상황을 주시하던 순간.

따악!

경쾌한 타격음과 함께 타구가 외야를 뚫고 날아오기 시작했다.

'왔다!'

그와 동시에 민우의 시야에 나타난 익숙한 화살표와 함께 공중에 이전에는 보이지 않던 반투명한 라인이 생겨났다.

그리고 라인의 끝에 그라운드 위로 볼록 솟은 반투명한 반구형의 무언가가 생겨나 있었다.

그 색깔은 시야에 항상 나타나는 화살표와 동일한 색깔을 보이고 있었다.

마치 타구가 저런 궤적으로 날아와 저곳으로 떨어진다고 알려주는 듯한 모양새였다.

'낙구 지점을 알려준다는 게 이런 뜻이었나?'

빠르게 내달리던 민우가 낙구 지점이 표시된 위치에 도착해 글러브를 들어 허공에 그려진 라인에 가져다 댔다.

'정말 이쪽으로 날아오는 건가?'

민우가 반쯤 의심을 하며 언제든지 글러브를 옮기려는 자세를 취했다.

체공을 계속하던 타구는 정확히 라인을 따라 날아오더니 민우가 들고 있는 글러브 안으로 쏙 하고 빨려 들어갔다.

퍽!

그러자 투명하게 솟아 있던 반구가 신기루처럼 흐려지며 사라지는 모습이 보였다.

'허참…… 이거 진짜 신기하네.'

민우가 신기한 표정을 지은 채 잠시 공을 바라보고는 내야로 빠르게 송구를 전달했다.

'이거, 조명에 들어가거나 타구 방향이 급하게 변해도 얼마든지 커버가 가능하겠는데?'

방향만을 알고 본능적으로 타구를 잡기 위해 달려가는 것에서 발생할 수 있는 여러 가지 돌발 상황에 훨씬 확실하고 안정적으로 대처할 수 있는 도구를 얻게 된 것이었다.

민우의 뇌리에 순간 포인트 상점에서 구할 수 있는 다른 특성들이 스쳐 지나갔다.

'분명 특성은 중복으로 장착할 수 있다고 했지? 타격 쪽으로 쓸 만한 특성이 하나 생겼으면 좋겠는데.'

'대도' 스킬을 얻은 뒤의 소득은 전무한 상태.

포인트 상점의 물품과 가격이 변동되기까지는 아직 3일이나 남아 있었다.

하지만 어쩌면 지금의 타격 부진을 이겨낼 방법이 생길지도 모른다는 생각에 민우의 입가에 옅은 미소가 지어졌다.

'그동안은 어떻게든 버텨보자고.'

이후 라이언은 마지막 타자인 던컨마저 3루수 땅볼로 잡아내며 2이닝을 퍼펙트로 막아내며 팀의 승리를 지켜냈다.

최종 스코어 0 대 3.

식스티 식서스의 완승이었다.

이날 민우는 4타석에 들어서 4타수 2안타(1루타, 2루타)를 때려내며 2득점을 기록했고, 1개의 삼진을 기록했다.

그 결과, 시즌 타율은 0.469로 1리가 상승하며 아주 소폭 반등하는 모습을 보였다.

경기가 끝나고 짐을 챙기는 라커룸에 일단의 무리가 들이닥쳤다.

무리는 손에 든 서류를 대조하며 누군가를 찾는 듯하더니 민우에게로 천천히 다가왔다.

"미국반도핑기구 도핑 검사관입니다. 강, 당신은 이번 불시 도핑검사 대상자로 선정됐습니다."

'내가 도핑 검사 대상자가 됐다고?'

민우는 부지불식간에 벌어진 상황에 어안이 벙벙했다.

도핑 검사관은 그 말과 함께 민우에게 자신의 공식 신분증을 제시하며 공식 도핑 검사관임을 확인시켜 주었다.

'맞… 나?'

민우는 처음 보는 신분증에 무어라 써져 있는 것을 보았지만 정확히 알 수 없었기에 주변을 둘러보았다.

민우를 담당한 검사관과 함께 온 다른 검사관들이 각각 세릴과 부스에게 다가갔고 그들은 익숙하다는 듯 서류를 빠르게 읽고는 서명을 하는 모습을 보였다.

주변 선수들도 그리 놀라는 표정을 짓지 않고 도핑 검사에 무작위 선정된 선수들을 바라보며 키득거리고 있었다.

"어이, 셰릴. 요새 계속 호투하더니 도핑 검사 타깃으로 뽑히고 말이야, 용 됐네."

"부스. 너는 3할도 안 되는데 왜 선정된 거냐? 누가 너 고발한 거 아니냐?"

"민우. 너는… 음… 아니지? 크크."

이런 선수들의 말장난은 검사를 받는 동료가 도핑 테스트를 무사히 통과할 것이라는 믿음에서 나오는 것이었다.

'다들 이게 익숙한 일인가 보네.'

민우가 서류가 아닌 주변을 둘러보며 홀로 놀란 표정을 짓는 것을 본 도핑 검사관의 눈빛이 매섭게 변했다.

민우의 행동에 의심이 생긴 모양이었다.

"사전에 교육을 받으셔서 알고 계시겠지만 본 도핑 검사는 무작위로 선정되어 불시에 시행하는 것이므로 선수에게는 현장에서 통보를 하게 되어 있습니다. 이점 양해바라며, 본 문서를 읽어보시고 검사에 동의하신다면 서명을 하고 검사 절차를 따라주시면 됩니다."

도핑 검사관은 설명을 마치고는 손에 들고 있던 문서를 민우에게 내밀었다.

'뉴스에서나 보던 도핑 검사를 내가 직접 받게 되다니…….
새삼스레 내가 야구 선수가 된 것을 다시 깨닫게 되는구나.'

문서를 받은 민우가 영어로 빽빽이 적힌 문서를 빠르게 읽어 내려가기 시작했다.

문서에는 도핑 검사에 관한 자잘한 사항이 적혀 있었다.

민우는 항목을 살피던 중, 검사 방법에 대해 적힌 부분에 이르자 눈을 크게 뜨며 놀란 표정을 지었다.

'검사관 참관 하에 그 앞에서 소변을 고유 번호가 적힌 특수 용기에 직접 받아서 봉인한다… 웅? 검사관 앞에서 소변을 봐야 한다고?'

민우가 고개를 들어 눈앞의 검사관을 바라봤다.

수염을 멋들어지게 기른 검사관이 날카로운 눈빛으로 민우를 주시하고 있었다.

"뭔가 궁금한 사항이 있습니까?"

"아닙니다!"

'이미 쓰여 있는 걸 물어봐야 맞다는 답변밖에 더 오겠어?'

민우가 고개를 절레절레 저으며 나머지 사항들을 확인했다.

'A와 B샘플을 추출해서 A시료에 양성이 나오면 B시료의 테스트를 요구할 수 있다… 시료는 채취 후 변질 방지와 정확한 결과 측정을 위해 즉시 세계반도핑기구 지정 연구소로 보내져 검사에 들어간다… 결과가 나오는 즉시 선수, 구단, 리그에 통보한다……'

이 외에 특별한 사항은 보이지 않았다.

모든 사항을 확인한 민우가 잠시 생각에 잠겼다.

'마법의 드링크를 마시긴 했지만, 분명 도핑에는 걸리지 않는 성분으로 이루어져 있다고 했었지. 거기에 만약 그런 성분이 들어 있었다면 애초에 마시지도 않았을 테니까. 드링크의 패널티가 너무나도 강력해서 그 이후로 단 한 번도 손을 댄 적도 없고… 검사를 해도 분명 아무런 문제는 없을 거야. 다만…….'

민우가 다시 고개를 들어 검사관을 힐긋 바라봤다.

'저 날카로운 눈으로 내 소중한 물건을 쳐다본다는 생각을 하니… 차마 소변을 보지 못할 것 같다는 게 문제라면 문제겠지. 으으으.'

속으로 질색한 표정을 지어 보인 민우가 어색한 미소를 보이며 손가락으로 서류의 한 부분을 가리켰다.

"여기다가 서명하면 되는 겁니까?"

"예. 서명을 하시면 곧바로 시료 채취에 들어갑니다."

검사관은 대답과 함께 펜을 꺼내 내밀었다.

스슥!

민우가 서류에 서명을 마치자 뒤에서 대기하던 도핑 검사 동반인이 가방을 들고 다가왔다.

"쟈, 가시죠."

"예."

민우는 차마 떨어지지 않는 발걸음을 억지로 이끌며 도핑 검사관과 도핑 검사 동반인의 뒤를 따라갔다.

그리고 그 모습을 바라보던 덴커가 의미심장한 미소를 짓고 있었다.

'잘 가라. 강민우. 일주일 뒤면 너의 성적이 거품이라는 것을 모두가 알게 되겠지. 내게 굴욕을 준 대가가 얼마나 처참한지 똑똑히 알려주마.'

＊　　＊　　＊

"조금만 더… 더… 예. 됐습니다. 이제 직접 봉인하고 사인을 하십시오."

민우가 소변이 담긴 특수 용기의 뚜껑을 닫고 봉인과 사인을 마치자, 검사관이 용기를 받아 자신의 사인을 더해 민우에게 확인을 시켜주고는 전용 가방에 넣었다.

딸깍!

총 두 개의 시료를 모두 채취한 검사관이 민우에게 인사를 하고는 다른 검사관들과 함께 경기장을 빠져나갔다.

그 모습을 바라보던 민우가 그제야 얼굴을 피며 크게 숨을 내뱉었다.

"휴우……."

"뭘 그렇게 크게 한숨을 쉬어?"

옆에서 들려오는 목소리에 고개를 들어보니 셰릴과 부스가 웃는 낯으로 민우를 바라보고 있었다.

그 모습에 민우가 시무룩한 표정을 지었다.

"난 입단할 때 받았던 검사처럼 소변 받아서 주기만 하면 되는 줄 알았는데… 내 물건을 생판 모르는 사람이 뚫어져라 쳐다보고 있었다는 게 너무나도 부끄럽다. 치욕적이야. 너흰 아무렇지도 않아?"

민우의 물음에 셰릴과 부스가 서로 마주보더니 피식하며 고개를 저어보였다.

"나도 처음엔 그랬지. 얼마나 굴욕적이었는데."

부스의 말에 셰릴이 고개를 끄덕거렸다.

"심지어 나는 너무 긴장해서 소변이 안 나오는 거야. 내가 뭔 죄라도 지은 것 마냥 말이지. 그랬더니 그 아저씨가 뭐라는 줄 알아? 내 물건을 지그시 바라보면서 힘 빼세요~ 나올 때까지 아무 곳에도 가실 수 없습니다……. 이러는 거야. 어휴. 다시 생각해도 끔찍하다, 끔찍해."

자신만 그런 것이 아니라는 것을 깨달은 민우였지만 그렇다고 기분이 나아지는 것은 아니었다.

민우의 표정이 여전히 펴지는 모습을 보이지 않자 셰릴이 민우의 어깨에 팔을 두르며 웃음을 보였다.

"원래 처음이 어려운거야. 운 나쁘면 시즌 중에 몇 번은 더 받을 수도 있거든? 그러니까 차라리 마음 편하게 먹고 미리미리 익숙해지라고. 나처럼 고생 안 하려면."

셰릴의 말에 부스가 결정타를 날렸다.

"그래. 셰릴처럼 소변이 안 나와서 고생하면 안 되잖아. 하하하."

"뭐야!"

갑작스레 공격을 받은 셰릴은 순간 발끈하며 부스를 잡으려 했고, 부스는 기다렸다는 듯이 뛰어서 도망치기 시작했다.

민우는 그 모습에 그제야 피식하고 웃음을 보였다.

"에휴. 나이만 먹었지, 영락없는 애들이구나."

잠시 그 모습을 바라보던 민우가 이내 라커룸을 향해 발걸음을 옮겼다.

*　　　*　　　*

엘시노어와의 3차전.

슈욱!

'실투!'

가운데로 몰린 실투에 앞다리를 내디디며 타이밍을 잡은 민우가 배트를 강하게 휘둘렀다.

따악!

타구를 때려낸 민우의 배트가 깔끔한 타격음을 내뱉었고, 타구는 낮은 포물선을 그리며 우중간을 향해 뻗어나갔다.

타구의 방향과 수비수들의 위치를 확인한 민우는 여유 있는 발걸음으로 2루 베이스에 올라서고는 더그아웃을 향해 총을 쏘는 듯한 세레머니를 날렸다.

하지만 그 얼굴 표정은 상당히 굳어 있는 상태였다.

'후. 오늘은 그래도 하나는 쳤네. 하지만 실투가 들어오지 않았다면 이번 타석도 어떻게 됐을지 몰라.'

이전 타석까지 7타석 동안 볼넷 2개를 얻었고, 삼진을 3개나 당한 민우였다.

무기력하게 삼진을 당하지 않기 위해 커트를 해내는 것만으로는 한계가 있었고, 애써 때려내는 것도 자세가 무너지며 원하는 만큼 좋은 타구가 나오지 않는 경우가 많았다.

그렇기에 지금의 안타를 때려내면서도 주심의 스트라이크존뿐만 아니라, 팀을 위한 안타조차 제대로 때려내지 못한 채 휘둘리고 있는 자신에게 불만이 조금씩 쌓여가고 있었다.

'확실한 방법이 필요해.'

─쳤습니다! 강민우 선수가 때려낸 타구가 우중간을 갈랐습니다. 펜스에 직격하는 타구! 그사이 2루 주자가 홈으로 여유 있게 들어오며 홈인~ 강민우 선수는 여유 있는 걸음으로 2루에 안착합니다. 1타점 적시 2루타! 스코어 3 대 5. 한점을 더 벌리는 식스티 식서스입니다.

─수비에서는 여전히 환상적인 수비실력을 보여주고 있습니다만, 타석에서는 7타석 동안 안타 없이 볼넷 두 개만을 얻어내고 있던 강민우 선수였는데요. 팬들의 응원에 보답하듯, 시리즈 마지막 타석에서 정말 오랜만에 안타를 때려내며 체면을 세우는 모습입니다.

―강민우 선수의 타격 부진은 역시, 스트라이크존의 급격한 변화가 원인이겠죠?

―예. 그렇습니다. 전반기에 비해 후반기 들어 주심의 스트라이크존이 공 반 개에서 심할 땐 한 개 이상 넓게 판정이 되는 모습을 보이고 있는데요. 타자는 자신의 선구안을 바탕으로 스트라이크존을 통과하는 공을 판단하게 되거든요. 그런데 스트라이크존이 계속해서 흔들리면 타자는 자신의 선구안에 대한 믿음이 흔들리게 되고, 그것이 곧 타격 부진으로 이어지게 된단 말이죠. 강민우 선수로서는 넓어진 스트라이크존을 다시 좁힐 수 없다면, 넓어진 존에 대처하기 위해서 변화가 필요하다고 생각됩니다.

―과연 강민우 선수가 한층 더 진화된 모습을 보일 수 있을지 조금 더 지켜봐야겠습니다.

전날, 레이크 엘시노어와의 2차전에서 패배한 식스티 식서스는 오늘 경기에서 3 대 5로 역전승을 거두며 시리즈 전적 2승 1패를 기록하며 위닝 시리즈를 가져갈 수 있었다.

레이크 엘시노어와의 시리즈 동안 민우는 12타석에 들어서 10타수 3안타(단타, 2루타 2개)를 때려내며 1타점, 2득점을 기록, 타율은 정확히 3할을 기록했다. 하지만 2개의 볼넷을 얻어내는 동안 4개의 삼진을 당하며 무기력하게 물러나는 모습을 지속적으로 보이고 있었다.

시즌 타율은 0.449로 소폭 하락하는 모습을 보였다.

이런 민우의 부진 아닌 부진에 식스티 식서스의 팬들의 걱정은 날이 갈수록 쌓여가고 있었다.

레이크 엘시노어와 위닝시리즈를 가져갔다는 기사에는 팬들이 댓글로 토론의 장을 열고 있었다.

─요새 민우가 삼진을 너무 많이 당하고 있어.

─맞아. 그뿐이야? 4번 타자의 위력적인 모습을 전혀 보이고 있지 못하고 있잖아.

─마치 전반기의 덴커를 보는 것 같아.

─그래도 덴커랑 비교하는 건 아니다. 아직 시즌 타율이 4할 5푼은 된다고.

─맞아. 덴커는 타격 실력 자체가 떨어지는 거고, 민우는 스트라이크존이 유독 넓어서 피해를 보는 거잖아. 스트라이크존에 몰리는 공은 하나도 놓치지 않고 있다고.

─그래도 예전 모습을 생각하면 상당히 아쉽다.

─난 차라리 덴커가 4번을 맡는 게 낫다고 생각해.

─야, 덴커. 넌 댓글 달 시간에 훈련장 가서 배트나 더 휘둘러라. 이 3못쓰야.

─풉. 민우한테 타율 5푼만 떼어달라고 해라.

쾅!

자신의 방에서 노트북으로 댓글을 달던 덴커는 짜증이 가득 담긴 표정으로 책상을 내려쳤다.

그 충격에 책상 위에 놓여 있던 노트북이 크게 들썩거렸다.

"뭐? 3못쓰? 3할도 못 치는 쓰레기라고? 후……."

소리를 지르곤 잠시 숨을 고르던 덴커의 입가에 천천히 미소가 피어올랐다.

"두고 봐라. 내가 너희들에게 아주 깜짝 놀랄 모습을 보여줄 테니까. 후후."

덴커는 책상 위에 놓여 있던 투명한 빛깔의 액체가 담긴 병을 집어 들었다.

"이것만 있으면… 강민우, 그 애송이 녀석이 쫓겨나는 순간, 4번 타자의 자리는 내가 다시 차지하는 거야. 그 자리는 원래 내 자리니까. 되찾아 오는 거라고. 크큭큭"

띠링!

'응?'

실성한 사람처럼 병을 바라보며 키득거리던 덴커를 현실로 불러들인 것은 한 통의 메일이었다.

발신자 : 제네럴 바이오 연구소

메일의 발신자를 확인한 덴커가 인상을 꽉 찌푸렸다.

'느려터진 놈들. 성분을 분석해 달라고 요구한 지가 언젠데,

이제 나온 거냐? 내가 네놈들 기다리다 지쳐서 익명으로 고발한 게 엊그제인데. 답답한 놈들.'

인상을 찌푸리고 있던 덴커는 이틀 전, 라커룸을 방문했던 때의 민우를 떠올렸다.

'그 녀석, 도핑 검사관이 방문했을 때 분명 당황한 얼굴이었지. 후후후. 검사가 끝나고 덤덤한 척을 해봤자 난 이미 다 봤거든. 네 녀석이 약을 빨았다는 확실한 증거를.'

민우의 당황한 얼굴이 떠오르자 댓글로 인해 가라앉았던 기분이 좋아지는 듯했다.

'뭐, 덕분에 당분간 도핑 검사관이 방문할 일은 없을 테니 마음이 놓이기도 하고. 어디, 어떤 성분인지 한 번 볼까?'

딸깍!

덴커가 마우스를 누르는 소리와 함께 메일이 열리며 화면이 바뀌었다.

의뢰하신 약품에서 검출된 성분에 대한 결과가 나왔습니다. 그 결과를 아래에 첨부합니다. 타우린······.

기대에 가득 차 있던 덴커의 표정은 메일을 한 줄, 한 줄 읽어 내려가면서 조금씩 썩어 들어가기 시작했다.

제5장

스위트 마이 홈

7월 1일.

1주일간의 고된 원정 경기 일정을 끝마친 인랜드 엠파이어 식스티 식서스의 다음 일정은 하이 데저트 메버릭스와의 홈 3연전이 예정되어 있었다.

민우는 오랜만의 홈 숙소에서 숙면을 취하며 피로를 싹 풀어낸 상태였다.

이른 아침, 가벼운 몸을 이끌고 민우는 여느 때처럼 그라운드를 돌며 웜 업과 스트레칭을 마치고는, 빠르게 실내 훈련장으로 향했다.

그리고 곧장 피칭 머신을 작동시키고는 공을 때려내기 시작했다.

푸슝!

따악!

푸슝!

따악!

피칭 머신이 공을 내뿜는 소리와 타격음은 마치 조화를 이루는 듯 박자도 틀리지 않고 정갈하게 울려 퍼지고 있었다.

하지만 피칭 머신이 멈춰 서고 잠시 뒤, 다시 작동하기 시작했을 때는 사람이 바뀐 것처럼 사뭇 다른 분위기를 풍기고 있었다.

푸슝!

딱!

푸슝!

틱!

푸슝!

딱!

규칙적으로 들려오던 정갈한 타격음 대신, 무언가 한 박자씩 어긋나는 듯한 타격음이 계속해서 들려오고 있었다.

푸슝!

피칭 머신에서 뿜어져 나온 공이 민우가 설정한 가상의 스트라이크존보다 공 하나 정도 빠진 궤적으로 날아오고 있었고 민우의 배트는 그 궤적의 공을 제대로 때려내기 위해 끊임

없이 돌아가고 있었다.

피칭 머신에서 50개의 공이 쏘아진 다음에야 더 이상 공이 날아오지 않았다.

그제야 숨을 돌린 민우가 배트를 내려놓고는 공을 주워 담으며 생각에 잠겼다.

'약간은 나아지긴 했지만, 빠지는 공을 쳐내는 훈련으로는 당장 효과를 보긴 어렵다. 역시 그 방법뿐인가……'

민우가 생각하는 방법은 배터 박스에서의 위치를 조정하는 것이었다.

이는 처음 배터 박스의 앞쪽에 자리하기 시작하며 변화구의 각이 예리해지기 전에 대처하기 시작한 것과 비슷한 방법이었다.

평소에는 배터 박스의 앞쪽에 바짝 붙어 자리를 잡고, 홈 플레이트 쪽 배터 박스 라인에서 한 발자국 정도 떨어진, 거의 가운데에 선 채로 타격에 임했다.

그런데 지난 경기에서는 몸 쪽 공을 던지지 않는 성향의 투수를 상대로 홈 플레이트에 바짝 붙는 도박을 걸었고, 결과적으로 바깥쪽 스트라이크존에 꽂히는 공을 때려내 홈런을 만들어냈었다.

바깥쪽으로 꽉 차게 들어오는 공이었기에 정석대로라면 뒷다리를 살짝 들고 앞다리에 체중을 실으며 상체를 공에 가깝게 숙였어야 정타를 때릴 수 있는 코스였다.

하지만 배터 박스에서 홈 플레이트에 바짝 붙어 서자 마치 스트라이크존 한가운데로 들어온 것처럼 정자세로 타격이 가능했고, 깨끗한 홈런포를 만들어냈던 것이다.

'하지만 홈 플레이트 쪽으로 극단적으로 붙으면 바깥쪽으로 빠지는 공엔 수월하지만 몸 쪽 공에는 제대로 대응할 수 없어. 자칫하면 사구가 많아져 또다시 다칠 수도 있어.'

잠시 옛 기억을 떠올린 민우가 고개를 저었다.

'그렇다고 겁먹고 포기할 수는 없어. 지금보다는 가까이, 극단적이지 않은 위치. 내가 쳐낼 수 있는 적정선을 찾아서 내 것으로 만들어야 해.'

결단을 내리자 행동은 자연스럽게 이어졌다.

푸슝!

딱!

푸슝!

따악!

시간이 지나며 실내 훈련장에 울려 퍼지는 타격음은 빗맞는 듯한 소리에서 점점 깔끔한 소리로 바뀌어가기 시작했다.

* * *

인랜드 엠파이어 식스티 식서스가 홈에서 하이 데저트 메버릭스와의 경기가 시작되기 2시간 전.

LA다저스의 홈구장인 다저스타디움의 주차장에 차 한 대가 들어섰다.

끼이익.

자동차의 브레이크가 닳는 소리와 함께 주차 라인에 바르게 멈춰선 차의 시동이 꺼지며 한 인영이 차에서 내려섰다.

따가운 햇빛을 가리기 위해 한 손을 들어 눈 위를 가린 채 다저스타디움을 바라보는 이는 바로 민우의 에이전트인 한나 퍼거슨이었다.

"후~ 가볼까."

잠시 심호흡을 한 퍼거슨이 천천히 발걸음을 옮겨 다저스타디움을 향해 서서히 멀어져 갔다.

*   *   *

해가 지평선에 가까워지면서 경기 시작이 한참이나 남았음에도 일찍부터 모여든 관중들이 경기장에 하나둘 들어차기 시작했다.

아마 조금이라도 더 일찍 선수들을 보기 위해 온 것처럼 보였다.

아직 몇 안 되는 관중들은 벌써부터 각자의 취향에 맞게 한 손에 맥주를, 팝콘을, 핫도그를 든 채 난간에 기대어 그라운드를 바라봤다.

그라운드에는 경기 전 훈련을 하고 있는 선수들이 보였다.

배팅케이지 안에 들어가 있는 선수는 덴커였다.

슈욱!

따악!

투수가 던져준 타구를 멀찍이 날려 버리는 덴커의 깔끔한 타격에 한 관중이 놀라는 표정을 지어 보였다.

"덴커 녀석. 요새 덩치도 약간 커지고 타격도 꽤 괜찮아진 것 같지 않아?"

그 물음에 옆에서 맥주를 마시던 다른 관중이 고개를 끄덕였다.

"내가 보기에도 그래. 완전히 예전의 모습을 되찾은 것 같아."

"저 정도 수준이면 가르시아를 빼고 다시 3루수로 출전시켜도 될 것 같은데 말이지."

"맞아. 가르시아 녀석, 수비는 좋지만 타격은 루키 리그로 다시 돌아가야 할 수준이니까. 덴커가 다시 선발로 들어가면 타선에 무게감이 배가될 거야. 민우의 하향세도 커버할 수 있을 거고."

수다를 떨며 선수들의 타격 훈련을 지켜보던 팬들은 훈련을 끝마친 선수들이 그라운드에서 사라지자 자신들의 좌석으로 찾아가 앉으며 다시 말을 이었다.

팬들의 화두는 팀의 4번 타자인 민우의 부진으로 넘어갔다.

"후반기에도 1위를 할 수 있을까?"

"지금 상태로는 힘들지 않을까 싶은데. 6월 이전의 모습으로 되돌아가고 있어."

"민우가 슬럼프에 빠진 탓이겠지."

"망할 심판들이 도대체 무슨 생각인지 모르겠네."

"몰매 맞기 싫으면 주심이 농간질은 못하겠지. 여긴 우리 홈이니까."

"이럴 때 민우가 주심한테 한 방 먹였으면 좋겠다."

"웰크 녀석. 오늘도 판정 똑바로 안하면 집에 못 돌아가게 만들어줄 테다!"

관중석에서 한 관중이 외치자, 그라운드에 나와 있던 심판들 중 한 심판이 귀를 후비는 모습이 보였다.

*　　　*　　　*

경기 전, 형식적인 절차가 모두 끝나고 식스티 식서스 선수들이 수비를 위해 그라운드로 달려 나가기 시작했다.

그 모습에 홈 팬들이 열정적으로 소리를 지르기 시작했다.

"고! 고!"

"가라! 식서스!"

"메버릭스 놈들을 사막으로 돌려보내자!"

"오우!"

그리고 식스티 식서스의 선수들은 그에 응답하듯 1회 초, 멋진 수비를 보여주기 시작했다.

슈욱!

선발 밀러의 손을 떠난 패스트볼이 딱 치기 좋게 가운데로 쏠리며 날아갔다.

'실투!'

메버릭스의 1번 타자인 시거는 실투를 놓치지 않겠다는 듯, 레그 킥을 크게 하며 짧게 잡은 배트를 빠르게 내돌렸다.

따악!

2루 베이스를 향해 쏜살같이 쏘아진 시거의 타구가 내야를 넘어 외야를 향해 날아갔다.

타다닷!

그와 동시에 화살표를 따라 잽싸게 내달린 민우가 그라운드에 표시된 붉은 반원으로 몸을 날리며 글러브를 뻗었다.

촤아악! 팍!

─오 마이 갓! 경기 시작 1분 만에 엄청난 호수비가 나왔습니다! 강민우 선수가 먼 거리를 쏜살같이 달려 내려와 몸을 날리며 시거의 안타를 지워 버립니다.

─이야. 정말 깜짝 놀랄 만한 반응 속도였어요. 거의 배트와 공이 닿는 순간에 이미 스타트를 끊었거든요. 수비는 정말

메이저리거들과 비교해도 손색이 없을 정도네요.

―예, 맞습니다. 아주 정확한 표현이네요. 수비에 더해 최근 침체인 타격만 원래대로 돌아온다면 다시 한 번 리그를 평정하고 누구보다 빠르게 승격의 꿈을 이룰지도 모르겠습니다.

0.1초에 가까운 반응 속도와 정확한 타구 판단, 그리고 완벽한 낙구 지점 포착으로 안타를 아웃으로 만들어 버리는 모습에 홈 팬들이 환호를 내질렀다.

"와아아!"

"대박!"

"역시 민우야!"

시작부터 엄청난 수비를 보여주는 민우의 도움에 선발투수인 밀러는 이후 두 타자를 모두 삼진으로 돌려 세우며 상큼한 출발을 알렸다.

1회 말.

메버릭스 선발 카스프릭의 위력적인 투구에 선두 타자인 부스가 삼진으로 물러났지만, 이후 2번 구티에레즈와 3번 레이븐이 연속 안타를 때려내며 1사 1, 2루 상황이 되었다.

―구티에레즈에 이어 레이븐도 깨끗한 안타를 때려내며 출루에 성공합니다. 카스프릭이 1회부터 위기를 맞이하는군요.

―1사 1, 2루. 다음 타자는 식스티 식서스의 4번 강민우 선

수입니다. 강민우 선수는 최근 5경기 17타수 5안타에 홈런은 하나를 기록하며, 2할 9푼 4리라는 타율을 보이고 있는데요. 절대로 나쁜 수치는 아니지만 전반기에 5할에 가까운 타율을 보이던 것에 비한다면 타격감이 상당히 떨어진 상태라고 볼 수 있겠습니다.

─바로 그 전반기 경기에서 카스프릭을 만나 2타석에 들어서 3루타 하나를 때려낸 기록이 있거든요. 이것도 타율로 치면 5할이겠네요. 아무튼 이번이 두 번째 상대하게 되는 건데 과연 강민우 선수가 반등의 불씨를 지필 수 있을지 지켜봐야겠습니다.

민우는 대기 타석에서 배트링을 끼운 배트를 든 채 카스프릭의 투구를 바라보며 타이밍을 맞추고 있었다.

그리고 레이븐이 안타를 치고 나가자 배트링을 빼낸 배트를 크게 휘두른 뒤, 고개를 돌리다 더그아웃에 안전 바에 기대 있는 실베리오와 눈이 마주쳤다.

그러자 실베리오가 기다렸다는 듯이 콧구멍을 벌렁거리며 빙구처럼 웃어 보였다.

"푸훗!"

그 모습에 순간 웃음이 터진 민우가 배트를 지팡이 삼아 잠시 고개를 숙이며 웃음을 참으려 노력했다.

'안 돼! 진지해야 된다고!'

"후우. 흐흠. 휴우."

이내 심호흡을 하며 겨우 웃음을 추스른 민우가 빠르게 타석으로 향했다.

타석이 가까워지자 지난 원정 시리즈 동안 민우를 괴롭히던 포수가 기다렸다는 듯이 피식거리며 말을 걸었다.

"왜 이렇게 늦게 오냐. 오늘도 된통 당할까 봐 오줌이라도 지렸나 보지?"

민우는 그런 포수의 농간에 넘어갈 생각이 없었다.

'대꾸할 가치도 없군.'

자신에게 시선조차 주지 않은 채 배터 박스를 발로 훑는 민우의 모습에 포수가 피식 웃으며 한마디를 덧붙였다.

"얼른 돌아가서 팬티부터 갈아입으라고. 후후."

그런 포수의 트래시 토크에 민우는 속으로 목표를 세웠다.

'네놈 때문에라도 기필코 한 방 날려준다.'

민우는 속으로 굳은 다짐을 하며 배터 박스의 맨 앞, 그리고 홈 플레이트 쪽 배터 박스 라인에서 반걸음 떨어진 위치에 자리를 잡았다.

민우가 훈련장에서 끊임없이 타격 연습을 하며 가장 적절하다고 판단한 위치였다.

'투수가 몸 쪽 공을 꽂아 넣기 힘들면서, 내가 바깥쪽 공에 적절히 대응하기 위해서는 이 정도가 가장 적당해. 하지만 실전에서는 어떨지 모르니까. 이대로 한 번 가보자.'

자리를 잡고 배트 끝으로 홈 플레이트의 반대편을 툭 친 민우가 고개를 끄덕이며 카스프릭에게로 시선을 돌렸다.

'오랜만이구나. 콧구멍.'

마운드 위의 카스프릭은 예전에 봤던 모습과 크게 변함이 없었다. 달라진 것이라곤 덥수룩하게 기른 수염으로 얼굴을 온통 뒤덮고 있다는 점뿐이었다.

'콧구멍이 약점이라는 걸 눈치라도 챈 건가?'

잠시 생각을 하는 사이 카스프릭이 세트 포지션으로 빠르게 공을 뿌렸다.

슈우욱!

'헉!'

카스프릭의 손을 떠난 공이 바람을 가르는 소리와 함께 엄청난 속도로 민우를 향해 날아오고 있었다.

깜짝 놀란 민우가 허리를 뒤로 젖히며 크게 휘청거리며 땅을 짚고 겨우 버티고 섰다.

팡!

너무나도 크게 빠지는 공에 주심의 손은 미동조차 하지 않았다.

─초구는 어우! 몸 쪽으로 바짝 붙이는 97마일(156km)짜리 패스트볼이었습니다. 강민우 선수가 휘청거리며 겨우 피하는 모습입니다. 1볼.

─강민우 선수가 배터 박스에 서는 위치가 이전과는 약간의 차이를 보이고 있는데요. 아무래도 최근 바깥쪽 공에 무기력하게 당하는 것에 대한 대응책으로 들고 나온 것 같습니다. 메버릭스의 배터리에서 그것을 간파하고 몸 쪽으로 바짝 붙여본 게 아닌가 싶네요.

"우우우우!!"

"똑바로 던져라!"

카스프릭의 위협구에 관중석 이곳저곳에서 야유가 터져 나오고 있었다.

하지만 공에 맞을 뻔한 당사자인 민우는 화를 내는 대신 이를 악문 채 냉정하게 판단을 내리고 있었다.

'홈에서 떨어지라 이거겠지. 하지만 여기서 버텨야 된다. 몸 쪽으로 뿌리는 공에 부담을 가지게 만들어야 바깥쪽으로 공을 많이 뿌릴 테니까. 그래야 나도 바깥쪽 공에 수월하게 대응할 수 있어.'

민우는 겉으로는 아무런 내색을 하지 않은 채, 손에 묻은 흙을 탈탈 털고는 천천히 배터 박스로 들어섰다.

그리고 처음과 같은 위치에 다시 자리를 잡았다.

그 모습에 포수의 눈이 살짝 커졌다.

'호오. 그 자리를 계속 고수하시겠다? 그럼 한 번 더 보여줘야지.'

포수는 입가에 비릿한 웃음을 지어 보인 뒤, 가랑이 사이에 손을 넣고 빠르게 사인을 보내기 시작했다.

이윽고 카스프릭이 고개를 끄덕인 뒤, 1루와 2루 주자를 힐 긋 바라보고는 세트 포지션으로 빠르게 공을 뿌렸다.

슈우욱!

카스프릭의 손을 떠난 공은 초구보다 약간 안쪽으로 향하 며 몸 쪽 낮은 코스에 걸치는 부분에 꽂힐 듯 보였다.

'또 패스트볼!'

그 궤적에 민우가 눈을 부릅뜨며 온몸의 근육을 자극시켰 다.

'친다!'

짧게 스트라이드를 내디딘 민우의 몸이 바나나처럼 휘어졌 다. 동시에 허리가 돌아가며 몸 쪽으로 들어오는 공을 향해 배트를 강하게 내돌렸다.

딱!

하지만 민우가 원하는 경쾌한 소리 대신, 둔탁한 소리와 함 께 손이 찌르르 울렸다.

민우의 타구는 강하게 바운드되며 파울 라인을 넘어갔고, 주심은 양팔을 들어 보이며 파울을 선언했다.

'아!'

회심의 스윙이 무위로 돌아가자 민우가 아쉬운 표정을 지어 보였다.

하지만 아쉬움은 잠시였다.

민우는 타격 위치 변경을 실전에 적용하며 나타나는 자신의 약점을 바로 파악해 냈다.

'홈 플레이트 쪽으로 위치를 옮기는 바람에 몸 쪽 공에 대한 정확성이 떨어지고 있어. 이건 보완이 필요해.'

민우가 타격 자세에 대해 생각에 빠진 사이, 메버릭스의 배터리는 민우의 대응에 꽤나 놀란 표정을 짓고 있었다.

'이번 공은 정말 제대로 긁힌 공이었는데, 물러서기는커녕 제대로 자리를 잡고 배트를 휘둘렀어. 당하고만 있지는 않겠다는 건가. 조금만 안쪽으로 쏠리면 제대로 때려낼 것 같은데. 조심해야겠어.'

포수는 민우의 몸 쪽으로 공을 찔러 넣는 것보다 낮은 유인구와 바깥쪽 위주의 볼 배합을 가져가는 것이 안전하리라는 판단을 내렸다.

'스트라이크존 한가운데에서 뚝 떨어지는 체인지업을 보여주자고.'

포수의 손가락이 빠르게 움직이자, 이내 카스프릭의 고개도 가볍게 끄덕여졌다.

민우는 카스프릭의 투구가 이어지기만을 기다리며 그 얼굴을 주시하고 있었다.

이윽고 세트 포지션을 취한 카스프릭이 빠르게 공을 뿌렸다.

슈우욱!

'한가운데?'

스트라이크존의 거의 가운데로 날아오는 너무나도 유혹적인 공에 민우의 몸이 반사적으로 반응했다.

그런데 민우가 배트를 내돌리는 순간.

공이 급격히 떨어지기 시작하는 것이 보였다.

'체인지업이었어? 이익!'

끝까지 공을 주시하고 있던 민우가 온 근육을 조이며 배트의 속도를 늦추기 시작했다.

민우의 노력에 더해 빠른 구속을 가진 고속 체인지업의 특성이 맞물려 타이밍을 얼추 맞출 수 있었다.

하지만 체인지업의 낙폭이 너무 컸기에 민우의 배트는 공의 윗면을 때려내고 말았다.

탁!

민우의 배트에 부딪친 공은 회전이 크게 걸리며 홈 플레이트 뒤쪽으로 강하게 튕겨 나갔다.

퍽!

"억!"

그리고 누군가 공에 얻어맞는 소리와 함께 숨이 턱 막히는 듯한 비명 소리가 들려왔다.

―제3구! 빗맞은 타구! 오우! 헨리케즈 선수가 상당히 고통

스러워하고 있는데요. 어후. 파울볼이 원바운드 되며 뒤쪽으로 튕기면서 영 좋지 않은 곳에 맞았네요. 무릎을 꿇고 고개를 푹 숙인 채 일어나지 못하고 있습니다.

─어휴, 공이 튕기는 순간 제가 다 움찔거렸네요. 보기만 해도 아랫도리가 저릿저릿합니다. 떨어지는 변화구에 배트의 밑에 맞으면서 뒤로 바운드가 됐거든요. 이런 경우를 대비해서 포수들은 보호대를 필수로 하고 있지만, 아무리 그래도 공의 위력이 만만치 않기 때문에 엄청난 고통이 느껴질 겁니다. 괜찮아야 할 텐데요.

"크으으."

배트를 돌린 뒤 아쉬운 표정을 짓던 민우는 뒤쪽에서 들려오는 비명 소리에 고개를 돌려 보았다.

그리고 무릎을 꿇은 채 자신에게 절을 하듯 엎드려 있는 포수의 등판이 눈에 들어왔다.

'아. 아까 그 소리가 이 소리였구나.'

엎드려 있는 모양새를 보니 남자의 소중한 부위에 맞은 듯해 보였다.

심판이 그런 포수를 안쓰러운 눈으로 쳐다보고 있는 것을 보면 아마 그 부위에 맞은 것이 맞는 듯했다.

그 모습에 민우가 인상을 찌푸리며 고개를 절레절레 저었다.

'의도한 건 아니지만 꼴좋네. 아까 그 트래시 토크만 아니었어도 정말 진심으로 미안했겠지만, 지금은 하나도 미안하지가 않단다. 이런 걸 인과응보라고 하는 거다. 자식아.'

포수가 여전히 일어나지 못하는 모습에 뒤늦게 포수의 상태를 확인하기 위해 메버릭스의 코칭스태프가 달려 나왔다.

민우는 그런 포수의 모습에서 눈을 떼고는 마운드 위에서 발을 풀고 있는 카스프릭을 바라봤다.

'분명 콧구멍은 움직이지 않았는데… 내가 못 본 건 아니야. 분명히 습관을 고친 거다.'

수염이 덥수룩해서 못 본 것은 절대 아니었다.

콧구멍을 가릴 정도로 더럽게 수염을 기르지는 않았으니까.

팔의 각도나 팔목에 비하면 콧구멍은 티가 너무 심하게 나니 고친 것이 맞을 것이다.

'아쉽네. 그것만 있으면 제대로 한 방 날려줄 수 있을 텐데.'

하지만 아쉬워도 이미 더 이상 어쩔 수 없는 일이었다.

"괜찮겠어?"

"어후. 예."

뒤쪽에서 들려오는 소리는 잠깐 동안의 휴식이 끝났음을 알렸다.

엉거주춤한 자세로 서서 인상을 쓰고 있던 포수가 경기 진행을 위해 천천히 쭈그리고 앉았다.

민우는 배터 박스에 자리를 잡으며 투수를 바라본 채 나지막한 목소리를 냈다.

"조심해라. 팬티 갈아입는 수준에서 안 끝날 수도 있으니까."

"어후. 어후!"

민우의 도발에 포수는 무어라 이야기를 하려는 듯한 제스처를 취하다가 이내 기가 막힌다는 듯한 소리를 연달아 내며 공에 맞은 부위를 더듬거렸다.

'한 번 더 맞는 게 두렵겠지. 다른 부위도 아니고 거기니까.'

민우는 속으로 피식 웃으며 카스프릭을 노려보기 시작했다.

볼카운트는 1볼 2스트라이크.

주심의 스트라이크존을 확인할 여유는 없었다.

'더 이상 무기력하게 삼진을 당할 수는 없지. 와라!'

포수의 사인을 받은 카스프릭이 고개를 끄덕이고는 다시 공을 뿌리기 시작했다.

슈우욱!

카스프릭의 손을 떠난 공이 올곧은 궤적을 그리며 스트라이크존보다 살짝 높은 코스로 날아오기 시작했다.

'으라차!'

앞다리를 꿈틀대며 타이밍을 잡던 민우의 배트가 빠르게 돌아갔다.

하지만 타구는 민우의 생각보다 높게 날아오고 말았다.

틱!

퍽!

"컥."

이번에는 공의 밑면을 제대로 긁는 느낌과 함께 뒤쪽에서 고통에 찬 목소리가 들려왔다.

ㅡ제4구! 어우! 파울 타구에 맞은 주심이 뒤로 크게 휘청거립니다. 마스크가 벗겨질 정도로 강력한 파울 타구였습니다.

ㅡ충격이 꽤나 커 보이는데요. 어휴. 괜찮은지 모르겠습니다. 주심이 머리를 털며 잠시 하늘을 바라봅니다. 이제야 떨어졌던 마스크를 주워서 다시 쓰고 있는 모습입니다.

ㅡ조금 전에 체인지업을 던졌는데 손에서 빠지면서 상당히 높게 형성됐거든요. 강민우 선수를 상대로 이런 공은 상당히 위험하죠. 카스프릭으로서는 운이 좋았다고 봐야겠습니다.

보통 상대 포수든, 심판이든 타구에 맞으면 관중들은 안타까움을 보이며 응원의 박수를 보내는 것이 보통이었다.

하지만 웰크의 판정에 악의를 품고 있던 식스티 식서스의 팬들은 그 모습에 조소를 보이며 웰크를 향해 야유를 보내고 있었다.

"아프냐? 우리도 아팠다!"

"제대로 안 하니 벌 받은 거야!"

"뿌린 대로 거둔다!"

"똑바로 판정 안 하면 또 맞을 줄 알아라!"

웰크는 골이 흔들리는데다 귀에 울리는 야유가 신경이 쓰이는지 연신 인상을 쓰고 있었다.

의도치 않게 포수와 심판에게 연달아 타구를 날린 민우는 예상치 못한 결과에 두 눈을 동그랗게 뜨고 있었다.

'이것 참. 야구의 신이 날 돕는 건가. 속이 다 시원하네.'

속은 시원했지만 겉으로 내색은 하지 않았다.

'괜히 후환을 만들 필요는 없지.'

민우가 고개를 끄덕이며 배터 박스에 다시 자리를 잡았다.

볼카운트는 여전히 1볼 2스트라이크.

민우의 머리가 빠르게 굴러갔다.

'주무기인 체인지업 제구가 흔들린다? 다른 변화구를 제대로 다듬지 않았다면 결정구는 패스트볼일 확률이 높겠지. 문제는 어느 코스냐는 건데.'

카스프릭은 위아래로 던진 공들이 모두 커트를 당하자 살짝 분이 상해 있었다.

포수가 하나 더 빠지는 유인구를 요구했지만 그게 썩 내키지가 않았다.

몇 번 고개를 젓던 카스프릭이 포수에게 직접 사인을 보냈고, 포수가 눈을 동그랗게 뜨더니 이내 고개를 끄덕거렸다.

카스프릭의 턱을 타고 땀 한 방울이 흘러내렸다.

이윽고 세트 포지션 자세를 취한 카스프릭이 스트라이드를 내디디며 강하게 공을 뿌렸다.

'칠 테면 쳐봐라!'

슈우우욱!

있는 힘껏 공을 채어 던진 카스프릭의 몸이 크게 휘청거렸다.

카스프릭의 공이 손을 떠남과 동시에 빠르게 날아오기 시작했다.

동시에 민우가 그 궤적을 빠르게 예측하며 스트라이드를 내디디며 허리를 매섭게 회전시켰다.

이어서 체중을 실은 배트가 벼락같이 내돌려지며 홈 플레이트에서 공을 강하게 퍼올렸다.

따아악!

손에서 채이는 느낌이 완벽했기에 카스프릭은 민우를 잡아낼 것이라는 자신감을 가지고 있었다.

그러나 그라운드를 타고 울리는 경쾌한 타격음에 그만 허탈한 표정을 짓고 말았다.

―1볼 2스트라이크. 한가운데 패스트볼을 강하게 때려내며 타구는 높게 떠갑니다! 우익수! 중견수! 계속 떠갑니다! 쭉쭉 뻗어가는 타구!

손에 느껴지는 느낌은 무감각, 그 자체였다.

'이런 무감각… 정말 오랜만이다.'

민우가 배트를 놓고는 손을 두어 번 쥐었다 폈다 하더니 이내 주먹을 콱 쥐어 보인 뒤, 1루를 향해 천천히 달리기 시작했다.

─담장을 넘어~ 갑니다!! 우측 담장을 시원하게 넘기는 강민우의 시즌 13호 포! 오늘 경기의 선취점은 강민우의 손에서 만들어집니다.

─강민우 선수가 1회부터 카스프릭에게 3점짜리 강편치를 날리며 식스티 식서스의 팬들을 미소 짓게 만드는군요! 스코어는 순식간에 3 대 0! 이 홈런 한방으로 식스티 식서스가 초반부터 기세를 잡습니다!

─와~ 한가운데로 꽂아 넣은 패스트볼을 강민우 선수가 놓치지 않고 강하게 퍼 올렸고요. 이 타구가 도요타 광고판을 맞추는 대형 홈런이 되고 말았습니다.

─카스프릭 선수가 강민우 선수에게 앞서 던졌던 체인지업 두 개가 모두 스트라이크존 바깥으로 형성되는 모습이었는데요. 제구를 잡기 위해서인지, 아니면 허를 찌르기 위해서인지 알 수 없지만, 한가운데에 꽂아 넣는 건 그리 좋은 선택은 아닌 것으로 보입니다.

민우의 홈런이 터지자 관중석에 앉아서 지켜보던 수많은 팬이 모두 자리를 박차고 일어나 두 손을 들어 올리며 기쁨의 환호성을 내지르기 시작했다.

"우와아아아아!"

"꺄아아아!"

"킹 캉! 킹 캉!"

"엄청난 홈런이야!"

그들의 눈빛과 목소리에서 민우에 대한 걱정의 흔적은 전혀 찾아볼 수 없었다.

자리에서 일어난 모두가 다이아몬드를 돌고 있는 민우에게 신뢰가 가득한 시선을 보내고 있었다.

더그아웃에 남아 있던 텐커는 민우가 홈 플레이트를 밟으며 하늘 위로 손을 뻗는 모습을 보고는 아니꼽다는 표정을 짓고 있었다.

'흥. 기고만장해하기는. 한가운데로 들어오는 공 정도는 나도 얼마든지 때려낼 수 있다고!'

주변에서 민우의 홈런에 환호하고 있는 다른 녀석들 역시 마음에 들지 않았다.

'저 애송이 녀석이 조금 쳐댄다고 환호하는 꼴도 마음에 안들고. 채프먼은 언제까지 날 벤치에 앉혀둘 셈인거야. 내 타격을 보고서도 날 쓰지 않는 이유가 도대체 뭐냐고. 젠장.'

덴커가 불만스런 표정으로 노려보고 있는 곳에는 채프먼이 무슨 생각을 하는 건지 알 수 없는 오묘한 표정을 지으며 민우를 바라보고 있었다.

브렌트의 눈에는 채프먼이 민우를 못내 인정하고 계속해서 4번 타자로 쓰고 있다고 생각하고 뿌듯한 마음이 들어 오랜만에 가슴을 당당하게 펼 수 있었다.

'장하다. 장해! 혼자서 무얼 그리 열심히 하나 했더니 재능에 꾸준함에 노력까지. 어느 하나 빠지는 것이 없구나. 언젠가는 채프먼도 널 직접 칭찬할 날이 올 거다.'

브렌트는 홈 플레이트를 밟고 다가오는 민우에게 손을 뻗어 하이파이브를 하고는 진한 미소를 지었다.

"좋은 홈런이었다."

겉으로는 한 지붕 아래에서 하나로 묶여 있는 듯 보이지만, 속으로는 제각각인 동상이몽의 관계를 보이고 있었다.

"민우! 도요타! 도요타에 맞았어!"

싱글벙글한 표정으로 하이파이브를 하던 갤러거가 내뱉은 말에 민우의 뇌리에 불현듯 스치는 이야기가 있었다.

'그거 알아? 전광판에 걸린 도요타 광고판을 맞추면 자동차를 준다던데.'

"아! 도요타!"

갤러거가 흥분한 이유와 같이 민우 역시 뜻하지 않은 행운에 기쁜 표정을 지어 보였다.

"대박이다! 연락은 언제 오는 거지? 어떤 차를 줄까? 차 받으면 드라이브시켜 줄 거지?"

갤러거가 호들갑 떠는 모습에 민우가 피식 웃어 보였다.

"기다리면 도요타에서 알아서 해주지 않을까?"

그런 둘의 대화를 바라보던 델모니코가 고개를 저으며 천천히 입을 열었다.

"드디어 진실을 토해야 할 때가 왔구나."

뜬금없는 델모니코의 이야기에 민우와 갤러거가 무슨 말이냐는 듯한 표정을 지었다.

"무슨 진실?"

물음을 던진 민우의 뇌리에 하나의 이야기가 더 떠올랐다.

'네가 언젠가 저 광고판을 맞추는 날이 오면, 배꼽 빠지도록 웃긴 광경을 보게 될 거야.'

민우가 설마 하는 표정을 짓자 델모니코가 눈치챘냐는 듯 씨익 웃어 보였다.

"사실, 차 준다는 거 다 뻥이야."

델모니코의 말에 잠시 멍한 표정을 짓고 있던 갤러거가 버럭 소리를 질렀다.

"뭐라고! 뻥이라고?"

그 모습에 주변에서 몇몇 선수가 킥킥거리며 흥미진진한 표정을 지은 채 갤러거를 바라보고 있었다.

"처음엔 널 놀리려고 농담으로 이야기 했던 건데, 네가 진짜로 믿는 모습이 재밌어가지고. 후후. 그래서 도요타 광고판에 누군가 홈런을 날리는 날에 알려주려고 했었는데… 아무도 저걸 못 맞추기에 밀리고 밀려서 이렇게 길어지고 만 거야. 미안하다, 갤러거. 헛된 희망을 심어줘서."

진실을 털어놓은 델모니코가 갤러거의 어깨를 두드리며 어색한 웃음을 보였다.

갤러거는 멍한 표정을 지은 채 델모니코를, 주변의 선수들을, 민우를 차례대로 바라보더니 무릎을 털썩 꿇었다.

"아, 안 돼! 내 꿈이었는데! 난 그럼 도요타 차를 받을 수 없단 말이야? 안 돼에에에에!"

갤러거가 머리를 쥐어 싸매며 좌절의 비명을 내뱉자 웃음을 참지 못한 선수들이 결국 크게 웃어 젖히기 시작했다.

"푸하하하핫!"

"으하하하핫!"

"그걸 진심으로 믿고 있었을 줄이야!"

"누가 갤러거 정신 좀 잡아줘!"

그 광경을 바라보던 민우가 허탈한 미소를 지어 보였다.

'도요타에 매달렸으면 나도 지금 저러고 있었겠지. 후~ 그동안 잊고 있어서 다행이야. 정말 다행이야~'

결국은 사건의 주동자인 델모니코가 갤러거를 진정시키고 나서야 더그아웃에 일었던 잠깐의 소란을 잠재울 수 있었다.

더그아웃에 소란이 일던 사이, 5번 해치가 삼진을, 6번 실베리오가 유격수 땅볼로 물러나며 추가 득점 없이 이닝이 마무리되었다.

이후 경기는 계속되는 투수전으로 4회까지 점수의 변동 없이 빠르게 진행됐다.

그리고 5회 말, 식스티 식서스는 2루타 포함 4개의 안타를 터뜨리며 2점을 추가하며 점수 차이를 더 벌렸다. 하지만 민우는 펜스 바로 앞에서 잡히는 중견수 플라이로 아쉽게 물러나고 말았다.

6회 초, 9번 타자를 삼진으로 돌려세운 밀러가 메버릭스의 1번 타자 시거에게 초구 안타를 맞으며 1사 1루 상황이 되었다.

밀러는 1회를 제외하고 매 이닝 출루를 허용하며 위력적인 모습을 보여주지 못하고 있었고, 이번 이닝에도 발 빠른 주자의 출루를 허용하고 있었다.

그리고 타석에는 오늘 경기에서 2타수 1안타를 기록하고 있는 2번 타자 콜리나가 들어서고 있었다.

잠시 뒤, 사인을 확인한 밀러가 1루 주자를 힐긋 쳐다보고는 빠르게 공을 뿌렸다.

슈웅!

타다다닷!

그와 동시에 1루 주자가 빠르게 스타트를 끊으며 2루를 향해 내달렸다.

하지만.

딱!

콜리나의 빗맞은 타구가 우측 파울라인을 살짝 넘어가며 파울이 되었다.

그 모습에 2루에 거의 다다랐던 1루 주자가 터덜터덜 다시 1루로 돌아가고 있었다.

외야에서 그 모습을 처음부터 끝까지 지켜본 민우는 메버릭스의 더그아웃에서 어떤 작전을 내렸는지 알 수 있었다.

'히트 앤드 런 작전인가 보군.'

민우는 상대 주자와 타자의 움직임을 주시하면서 팔과 다리를 통통거리며 빠르게 반응할 준비를 하기 시작했다.

슈웅!

팡!

"볼!"

이후 밀러가 뿌린 2개의 브레이킹 볼이 모두 크게 빠지고 말았고, 콜리나가 그 공들을 모두 골라내며 볼카운트는 2볼

1스트라이크가 되었다.

'히트 앤드 런을 다시 하지는 않는 건가?'

민우가 그런 생각을 하고 있던 순간.

슈욱!

타다닷!

밀러가 4구를 뿌림과 동시에 1루 주자가 2루를 향해 달리기 시작했다.

따악!

콜리나가 퍼 올린 타구는 센터 방면으로 높이 떠오르며 외야와 내야 사이 어중간한 위치로 날아가기 시작했다

—제4구! 퍼 올렸습니다! 주자는 뛰었고요! 하지만 빗맞은 타구네요. 높게 떠오릅니다.

띠링!

[돌발 퀘스트 발동 — One Shot Two Kill! (0/5)]

—외야 플라이를 잡아내십시오.

—주자의 귀루를 저지하십시오.

—성공 시 영구적으로 수비 +1, 송구 +1. 50포인트 지급.

—실패 시 일주일간 수비 −3, 송구 −3. 경기 종료 후 하루 동안 근육통 발생.

—본 퀘스트는 발생 횟수에 제한이 없습니다.

타구가 떠오른 순간 익숙한 알림음과 함께 민우의 시야에 붉은 화살표가 나타났고, 그라운드에 붉은 반원이 생겨났다.

'대도!'

지이잉!

타구를 파악한 민우가 곧바로 '대도' 스킬을 사용했다.

다리가 가벼워지는 느낌이 들자 민우는 온몸의 근육을 더욱 자극시키며 곧장 내야 방향으로 내달리기 시작했다.

타타다닷!

"마이 볼!"

민우가 자신이 잡겠다고 신호를 보내자 공을 쫓던 2루수 해치가 방향을 틀며 잽싸게 옆으로 빠져주었다.

하지만 유격수 구티에레즈는 타구에 신경을 쓰던 나머지 민우의 콜을 듣지 못한 듯, 계속해서 타구를 쫓아 이리저리 움직이고 있었다.

그사이 히트 앤드 런 작전에 의해 1루에서 빠르게 출발했던 1루 주자가 2루에 거의 다다라서야 타구를 발견하고는 뒤늦게 뒤쪽으로 슬금슬금 물러나며 타구를 주시하고 있었다.

─3명의 야수들이 어어~ 위치가 애매한데요! 위험한데요!! 2루수가 옆으로 빠졌지만 중견수와 유격수가 공을 쫓고 있습니다. 한 명이 빠져줘야 되는데요!

구티에레즈가 진로에서 비켜서지 않으면 민우가 공을 잡더라도 충돌을 면치 못할 상황이었다.

'젠장, 위험해.'

하지만 민우는 속도를 줄이지 않은 채, 더욱 속도를 붙이며 낙구 지점으로 달려 내려갔다.

민우가 빠르게 다리를 놀릴수록 그라운드에 그려진 붉은 반원이 점점 옅어지고 있었고, 동시에 구티에레즈와의 거리도 점점 가까워지고 있었다.

"구티!!"

민우가 다시 한 번 힘껏 외치자 그제야 그 소리가 귀에 들어왔는지 구티에레즈가 뒤도 돌아보지 않고 잽싸게 옆으로 비켜섰다.

그와 동시에 민우가 달려오던 속도 그대로 앞으로 몸을 날렸다.

촤아아아악! 팍!

아슬아슬하게 구티에레즈를 피해낸 민우의 글러브의 끝 부분에 타구가 걸리는 느낌이 들었다.

민우의 글러브에 공이 빨려 들어가는 것을 본 주자가 빠르게 뒤로 돌아 내달리기 시작했다.

—달려 내려옵니다! 달려 내려와서~ 아! 잡았습니다! 행운

의 안타가 될 뻔한 타구가 강민우에게 잡힙니다. 아주 환상적인 슬라이딩 캐치! 곧장 일어난 강민우 선수가 1루를 향해 공을 뿌립니다! 1루로~

타다다!

공을 글러브로 말아 쥠과 동시에 민우가 잽싸게 일어나더니 중심을 잡을 시간도 없이 1루를 향해 강하게 공을 뿌렸다.

슈우욱!

공을 뿌림과 동시에 엉덩방아를 찧으며 다시 넘어진 민우가 넘어진 채로 자신이 던진 공과 주자를 번갈아 바라보기 시작했다.

'가라!'

민우의 마음속 외침처럼 강하게 쏘아진 송구가 1루수의 글러브에 정확히 안착했다.

그와 동시에 1루 주자가 몸을 날리며 손을 쭉 뻗어 1루 베이스를 터치하려 하고 있었다.

1루 주자와 공이 거의 비슷하게 1루를 향하는 모습에 경기장에 자리한 모든 이들이 한 시선으로 그 모습을 바라보고 있었다.

툭!

탁!

1루수의 글러브가 주자의 팔을 때림과 동시에 모두의 시선은 1루심의 손으로 향해 있었다.

1루심은 손을 벌릴 듯 잠시 움찔거리더니 이내 앞으로 주먹을 내질러 보였다.

아웃!

심판의 판정에 1루수인 레이븐은 민우를 손가락으로 가리키며 미소를 지어 보였고, 엎드려 있던 시거는 허탈한 얼굴로 고개를 푹 떨구고 말았다.

띠링!

[돌발 퀘스트—One Shot Two Kill! (1/5) 결과]

—어려운 외야 플라이를 성공적으로 잡아냈습니다.

—빠르고 완벽한 송구로 주자의 귀루를 저지해냈습니다.

—퀘스트 성공 보상으로 영구적으로 수비 +1, 송구 +1이 상승합니다. 50포인트가 지급됩니다.

—동일 퀘스트를 6연속으로 성공했습니다. 연속 성공 보상으로 추가적으로 250포인트가 지급됩니다.

'좋아!'

퀘스트의 성공에 민우는 속으로 기쁨의 포효를 질렀다.

심판의 판정에 관중석에서 일제히 박수와 환호 소리가 쏟아져 나왔다.

"와아아아아아!!!"

"저 자세에서 저 송구가 가능한 거야? 와~"

"소오오름!"

"다리 대박! 어깨 대박!"

─아우웃! 1루에서도 아웃입니다! 순식간에 아웃 카운트는 2개! 역시 강민우입니다! 빠른 발과 강한 어깨로 텍사스 안타가 될 뻔한 타구를 걷어냄과 동시에 1루 주자의 귀루까지 완벽히 틀어막아 버립니다. 아주 완벽한 어시스트! 공 하나로 아웃 카운트 2개! 이닝은 그대로 종료됩니다!

─이야~ 지금 상황은 강민우 선수의 판단이 아주 좋았습니다. 키를 넘어가는 타구는 뒤로 달려 올라가면서 잡는 것보다는 앞으로 달려 내려와서 잡는 것이 훨씬 수월하거든요. 뒤로 뛰어야 하는 구티에레즈나 해치보다는 위치상으로나 거리상으로나 중견수인 강민우 선수가 달려 내려와서 잡는 것이 맞았습니다.

─예, 맞습니다. 그러나 마지막까지 콜 플레이가 제대로 되지 않는 모습을 보이면서 아주 위험한 상황이 만들어질 뻔했는데요. 다행히도 마지막에 유격수가 비켜서면서 강민우 선수가 멋진 슬라이딩 캐치를 보여줬고요. 지체 없이 1루를 향해 강하게 송구를 뿌리며 완벽한 플레이가 만들어졌습니다.

─식스티 식서스의 투수들은 강민우라는 걸출한 외야수가 있어서 정말 어깨가 가벼워 보입니다. 반면 메버릭스로서는

정말 악재라고밖에 할 수가 없겠네요. 경기는 6회 말로 이어집니다.

6회 말, 카스프릭의 뒤를 이어 등판한 우완 네이선이 식스티 식서스의 7, 8, 9번 타자를 삼자범퇴로 돌려세우며 깔끔하게 이닝을 마무리 지었다.

이후 7회 초, 밀러의 뒤를 이어서 등판한 마틴이 투런 홈런을 얻어맞으며 2점을 내주며 불안한 스타트를 끊었다.

하지만 이후 8회 초까지 안타 하나만을 내어주는 준수한 투구를 보여주며 메버릭스의 타선을 꽁꽁 틀어막았고 경기는 어느덧 막바지를 향해가고 있었다.

8회 말, 식스티 식서스의 선두 타자는 4번 강민우였다.

그라운드로 나가기 위해 장구를 챙기던 민우의 등 뒤로 델모니코의 응원이 들려왔다.

"요! 민우! 도요타에 한 방 더 날리고 오라고!"

델모니코의 외침에 갤러거는 아까의 기억이 떠오른 듯 한숨을 크게 푹 하고 쉬며 고개를 숙이는 모습을 보였다.

'델모니코가 은근히 짓궂네. 후후.'

"오케이~"

그 모습을 본 민우가 큭큭거리며 대답한 뒤, 배트를 챙겨 들고 그라운드로 나섰다.

메버릭스의 더그아웃에서는 2이닝을 잘 던진 네이션을 내리고 우완 페니를 등판시켰다.

─1회에는 스리런 홈런으로, 6회에는 멋진 보살 플레이로 공수 양면에서 대활약을 보이고 있는 강민우 선수가 타석에 들어서고 있습니다.

─마운드에는 네이션의 뒤를 이어 페니 선수가 등판한 모습입니다.

─강민우 선수는 후반기 페니 선수와 두 번 만나서 모두 땅볼로 물러났었는데요. 오늘은 과연 어떤 선수가 미소를 지을 수 있을까 궁금하네요.

민우는 페니와의 첫 만남에서는 펜스 상단을 직격하는 3루타를 때렸던 기억이 있었다.

하지만 후반기가 시작된 이후 총 2타석을 상대해 안타를 한 개도 때려내지 못하고 있었다.

제구력이 좋지 않은 페니였지만, 민우의 선구안이 흔들리는 점에 주목했고, 스트라이크존을 넘나드는 백 도어 슬라이더와 바깥쪽 패스트볼의 조합에 더해 주심의 판정에 힘입어 민우의 출루를 막아냈던 것이다.

잠시 지난 경기의 기억을 떠올린 민우가 결의를 다졌다.

'오늘은 그렇게 쉽게 당하고 있지만은 않을 거다.'

페니는 마운드에서 투수 코치의 지도 아래 연습 투구를 하고 있었다.

공을 하나 던질 때마다, 투수 코치가 무어라 이야기를 하고, 페니는 고개를 끄덕이는 모습이 몇 번 반복되고 있었다.

'가운데에 꽂히는 공이 없다는 건, 오늘 제구가 그리 좋지 않다는 말이겠지.'

10개의 연습구를 던진 페니를 바라보는 메버릭스의 투수 코치는 성에 차지 않는 듯한 표정이었다. 하지만 이제 경기를 진행해야 했기에 천천히 마운드를 떠나고 있었다.

연습 투구를 마치는 모습을 본 민우도 천천히 타석으로 발걸음을 옮겼다.

'저 상태라면 몸 쪽으로 쉽게 던지지는 못할 거야. 몸 쪽은 쏠리는 공 위주로 대응하고, 바깥쪽 공에 초점을 맞추고 상대하는 게 좋겠어.'

잠시 생각을 마친 민우가 배트를 크게 한 번 휘두르고는 배터 박스에 자리를 잡았다.

메버릭스의 포수는 그런 민우를 힐긋 보더니 민우에게 거짓 정보를 뿌리기 시작했다.

"그렇게 홈 플레이트에 바짝 붙어 있다가는 어디 하나 부러져 나갈지도 모르는데, 괜찮겠어?"

몸 쪽으로 꽂아 넣을 테니 멀찌감치 떨어지라는 의미의 도발이었다.

하지만 민우는 그 자리에서 뒤로 물러날 생각이 없었다.

민우는 마운드에 시선을 둔 채 포수의 도발에 맞장구를 쳐 주었다.

"던질 테면 던져봐. 운이 나빠서 공이 몰리면 네 물건이 한 번 더 놀랄지도 모르겠지만 말이야."

"홍. 할 수 있으면 해봐."

민우의 말에 포수는 코웃음을 치며 대답했지만, 그 목소리에서는 아주 살짝 떨림이 느껴지고 있었다.

포수는 아랫배가 당기는 느낌을 받으며 도발을 하는 대신, 작금의 상황을 어떻게 잘 대처할 지를 생각하기 시작했다.

'오늘 페니의 제구가 영 아닌데. 패스트볼도 제구가 안 되니까 몸 쪽에 함부로 꽂을 수도 없고. 몰리는 공이 없게 최대한 바깥쪽으로 가져가는 게 좋겠어. 살짝 걸치면서 떨어지는 슬라이더로 시작해 보자고.'

가랑이 사이로 손을 넣어 보호대가 자리를 잘 잡고 있는지 확인한 포수가 이내 손가락을 이리저리 펴 보인 뒤, 미트를 앞으로 내밀었다.

사인을 받은 페니가 고개를 끄덕이고는 킥킹을 하며 역동적인 투구 폼으로 공을 뿌렸다.

슈우욱!

페니의 손을 떠난 초구가 반대편 배터 박스 쪽에서 서서히 홈 플레이트 쪽으로 꺾이기 시작했다.

동시에 눈으로 타구를 쫓으며 궤적을 파악하던 민우의 배트가 매섭게 돌아갔다.

탁!

스트라이크존의 모서리에서 민우의 배트가 공의 윗면을 때리며 가벼운 타격음이 울렸다.

탕!

파울 타구는 정확히 포수의 가랑이 사이에서 바운드된 뒤, 뒤쪽으로 흘러가 백스톱에 부딪히며 멈춰 섰다.

'허억!'

공 대신 허공에 미트를 내밀었던 포수는 가랑이 사이로 쏜살같이 지나간 파울 타구에 등골이 오싹한 느낌을 받으며 무의식적으로 보호대에 손을 얹어보았다.

─제1구. 배트 끝에 스치며 백스톱을 때리는 파울입니다.

─헨리케즈의 가랑이 사이로 빠져나가는 타구였습니다. 이것 참, 1회와 아주 유사한 장면이 연출될 뻔했네요. 허허허.

─헨리케즈에게는 참 다행인 일입니다. 하하하.

그 모습을 바라본 민우가 속으로 피식 웃어 보였다.

'나한테 몸 쪽, 낮은 쪽으로 다시 던지긴 힘들어 보이는데.'

아무래도 포수에겐 낮은 코스의 공에 대한 트라우마가 생길 듯 보였다.

포수가 낮은 공을 주저하기 시작한 것은 민우에겐 절호의 기회였다.

이후 페니가 뿌리기 시작한 공은 아주 낮게 떨어지거나 밖으로 빠져 버리는 공이 되기 시작했다.

슈욱!

팡!

"볼!"

초구 파울 이후, 3개 연속 볼로 판정이 되며 볼카운트는 순식간에 3볼 1스트라이크. 민우에게 유리한 카운트가 되었다.

'칫.'

4구째를 뿌린 페니의 미간에 주름이 살짝 생겼다 사라졌다.

가뜩이나 제구가 마음대로 되지 않는데 낮은 코스와 바깥쪽 코스로 뿌리기만을 요구하는 포수의 리드가 마음에 들지 않는 것이었다.

'뭘 저렇게 겁을 먹고 있는 거야!'

투수로서는 볼넷으로 내보내고 싶지 않다면 이제는 스트라이크를 잡으러 들어가야 할 타이밍이었다.

페니는 후반기 민우를 상대한 두 타석에서 모두 내야 땅볼로 잡아낸 기억이 있었기에 자신감이 차오른 상태였다.

그렇기에 자꾸 유인구만을 요구하는 포수의 리드에 살짝 기분이 상해 있는 상태였고, 포수의 사인에 공을 빙글빙글 돌리며 고개를 내젓고 있었다.

몇 번의 엇갈림 끝에 투수가 고개를 끄덕거렸고, 포수가 옅게 한숨을 내쉬었다.

그리고 민우는 귓가에 들려오는 한숨 소리를 놓치지 않았다.

분명 안도의 느낌이 아닌 답답한 느낌의 한숨이었다.

'투수가 이겼군.'

동시에 민우가 머릿속을 깔끔하게 비웠다.

'포수는 바깥쪽과 낮은 코스 위주의 볼 배합이었는데 저런 반응이라는 건… 나랑 승부를 해올 확률이 높다고 봐야겠지.'

민우가 배트를 쥔 손에 힘을 살짝 빼고는 앞발을 들썩이며 몸의 긴장을 풀었다.

'와라!'

이윽고 투수가 와인드업 자세를 취하며 숨을 크게 내뱉은 뒤 스트라이드를 내디디며 빠르게 공을 뿌렸다.

슈우우욱!

페니의 손을 떠난 공이 아주 오랜만에 스트라이크 안쪽으로 향하고 있었다.

너무나도 정직하고, 너무나도 유혹적인 공의 궤적에 민우는 한 치의 고민도 없이 타이밍을 맞추던 스트라이드를 강하게 내디디며 체중을 가득 실은 배트를 매섭게 내돌렸다.

따아악!

배트와 공이 홈 플레이트 위에서 마주치며 손을 타고 올라오는 미세한 감각. 그리고 귓가를 울리는 깨끗한 타격음.

이제는 꽤나 익숙해진 그 감각에 민우가 입꼬리를 짙게 말아 올렸다.

'됐어!'

손에서 배트를 놓은 민우가 천천히 다이아몬드를 달리기 시작했다.

자신감에 찬 표정으로 홈 플레이트를 향하던 공을 바라보던 페니는 민우의 배트가 정확히 공의 궤적을 따라가 부딪치며 내는 정갈한 타격음에 두 눈이 크게 부릅뜨고 말았다.

그리고 천천히 고개를 돌려 허망한 눈빛으로 끝도 없이 솟아오르고 있는 타구를 바라보기 시작했다.

─5구! 끌어당긴 타구가! 좌중간 펜스를 향해 쭉쭉 뻗어 날아가서 그대로 넘어가며 전광판에 달린 도요타 광고판을 그대로 직격합니다! 승부에 쐐기를 박는 강민우 선수의 시즌 14호 솔로 홈런! 8회 말 노아웃! 스코어는 6 대 2가 됩니다!

─오늘 강민우 선수의 컨디션이 상당히 좋아 보이는데요. 공격이면 공격, 수비면 수비, 어디 하나 빠지는 모습을 보이지 않으며 정말 대단한 모습을 보여줍니다. 거기에 도요타 광고판을 두 번이나 맞추는 서비스까지 보여주고 있습니다. 대단

하네요. 정말.

—페니 선수가 불리한 볼카운트에서 스트라이크를 잡기 위해 꽂아 넣은 공이었는데요. 강민우 선수가 놓치지 않고 제대로 걷어 올려 큼지막한 타구를 만들어냅니다.

—식스티 식서스의 4번 타자는 바로 나다! 라고 선언을 하는 듯한 홈런포였습니다. 강민우 선수의 홈런포에 홈 팬들이 열띤 환호를 보내고 있습니다.

민우의 배트에서 뿜어져 나온 타격음이 경기장에 울려 퍼지자 하나의 결과를 직감한 관중들이 일제히 자리에서 일어나 타구를 바라봤고, 광고판에 직격하는 순간, 모두가 한마음으로 힘차게 소리를 지르기 시작했다.

"예에에에!!!"

"강 때문에 야구 본다!!"

"킹 캉이 돌아왔어!!"

"거기에 승리의 요정까지 붙이라고!"

"으하하!"

그들에게는 메이저리그에서 뛰는 선수들만큼이나 고향 팀을 승리로 이끌어주는 선수가 소중했고, 그 선수가 부진의 터널을 빠져나오는 모습에 그만큼 기뻐하고 있는 것이었다.

2루를 지나 3루를 향해 달려가던 민우는 관중들의 기뻐하는 모습에 가슴속에서 뿌듯한 감정이 꿈틀거리는 것을 느꼈다.

'좋다! 이 환호성! 이 열기! 역시 집이 최고지!'

민우가 짙은 웃음을 보이며 홈 플레이트를 밟자 전광판의 숫자가 올라갔다.

띠링!

[히든 퀘스트—정규 시즌 100타석을 달성하라! (하이 싱글A) 결과]

—하이 싱글A 리그에 참가하여 처음으로 100타석을 달성했습니다.

—500포인트가 지급됩니다.

—우수한 성적을 기록하였기에 추가적으로 포인트가 지급됩니다.

—3할 이상 타율: 100포인트 지급.

—4할 이상 출루율: 100포인트 지급.

—5할 이상 장타율: 100포인트 지급.

—10개 이상 홈런: 100포인트 지급.

—본 퀘스트는 리그당 단 한 번만 발생합니다.

'와우. 대박이다! 한번에 900포인트라니! 좋아! 오늘이야말로 포인트 상점을 제대로 한 번 털어보자고!'

홈 플레이트를 밟음과 동시에 나타난 알림창에 민우가 기쁨의 미소를 지으며 더그아웃으로 향했다.

이후 민우에 이어 타석에 들어선 해치가 백투백 홈런을 때려내며 스코어는 7 대 2가 되었고, 메버릭스가 9회 초를 삼자범퇴로 물러나며 경기는 식스티 식서스의 승리로 종료가 되었다.

민우는 오늘 경기에서 4타석 3타수 2안타(2홈런) 1볼넷 4타점 2득점을 기록하며 오랜만에 4번 타자에 걸맞은 위용을 뽐냈다.

오늘 경기로 인해 정확히 100타석에 들어서게 된 민우는 시즌 타율이 소폭 반등하며 0.456을 기록하게 되었다.

제6장

한 발자국 더 다가가다

다저스타디움의 한쪽에 자리한 단장실.

희끄무레한 콧수염과 턱수염을 적당히 기른 남성이 책상에 놓인 서류들을 뒤적거리며 업무를 보고 있었다.

똑똑!

"단장님. 미스 퍼거슨께서 오셨습니다."

밖에서 들려오는 비서의 목소리에 콜레티의 표정이 잠시 굳어졌다.

'드디어 올 것이 왔군.'

잠시 눈을 감았다 뜬 콜레티는 들고 있던 펜을 내려놓고는 천천히 입을 열었다.

"들여보내게."

하지만 금발의 여성이 단장실로 들어설 때, 콜레티의 표정은 언제 그랬냐는 듯 어색한 미소가 피어 있었다.

퍼거슨이 가벼운 미소를 지은 채 콜레티를 향해 인사를 건넸다.

"반갑습니다. 콜레티 단장님."

"미스 퍼거슨, 반갑습니다. 이쪽으로 앉지요."

콜레티는 단장실 가운데에 놓여 있는 테이블과 소파를 가리키며 퍼거슨을 안내했다.

자리에 앉은 퍼거슨은 여전히 미소를 지은 채 콜레티를 바라봤다.

"제가 방문할 때마다 기분이 안 좋아 보이시는군요."

"그게 무슨 말씀입니까?"

퍼거슨의 말에 콜레티가 짐짓 모르는 척 딴청을 피웠다.

하지만 그런 모습에 퍼거슨의 미소는 더욱 짙어져 갔다.

"저를 볼 때마다 그렇게 불편한 기색을 보이시니, 제가 무슨 잘못이라도 한 것 같아서 말이에요."

퍼거슨의 입에서 나온 말과 달리 여전히 미소를 짓고 있었다.

그 모습에 콜레티가 이내 짓고 있던 미소를 풀어버리고는 미간을 주물렀다.

"휴. 피차 여러 번 겪은 사이에 억지로 미소를 보이는 건 그

만하겠습니다."

"예. 편하게 하시죠."

"그래… 오늘은 무슨 일로 절 뵙자고 하신 겁니까?"

짐짓 모르는 척 질문을 던진 콜레티였지만 그는 퍼거슨이 왜 자신을 찾아왔는지 이미 알고 있는 상태였다.

퍼거슨의 용무는 단 하나, 강민우의 재계약 건이 분명했다.

'최근에 보라스 코퍼레이션과 에이전트 계약을 맺은 선수 중 퍼거슨의 담당 선수는 강민우뿐이었으니까. 거기에 다저스의 사정까지 훤히 꿰뚫고 있겠지. 그렇지 않고서야 저렇게 당당하게 웃어 보일 수가 없다.'

진실을 알고 있기에 콜레티의 표정은 그리 밝지 않았다.

하지만 먼저 이야기를 꺼내는 것은 퍼거슨의 방문을 대비하고 있었다고 티를 내는 것밖에 되지 않았다.

"제가 이렇게 단장님을 찾아올 일이 하나밖에 더 있겠습니까?"

"역시 계약 때문입니까? 하지만 아직 메이저리그는 시즌이 끝나려면 두 달은 더 있어야 하지 않습니까?"

콜레티는 여전히 퍼거슨의 의중을 모른다는 듯 다른 말을 하고 있었다.

그 모습에 퍼거슨이 곧장 콜레티가 예상했던 그 이름을 꺼내들었다.

"메이저리그에 대한 이야기가 아닙니다. 현재 인랜드 엠파이어 식스티 식서스 소속 중견수로 뛰고 있는 강민우의 재계약에 대해 논의가 필요할 것 같아서 말입니다."

"강민우요? 강민우라면… 아, 이제 갓 하이 싱글A에 합류한 루키 아닙니까? 그 선수는 아직 계약서에 잉크도 마르지 않았는데 무슨 논의가 필요하다는 말씀인지 잘 모르겠군요."

"그렇습니까? 강민우의 계약서에 적힌 내용에 대해서는 콜레티 단장님께서 저보다 더 잘 알고 계시지 않습니까?"

퍼거슨의 물음에 콜레티는 속으로 크게 한숨을 내쉬었다.

이 싸움에서 지는 것은 콜레티 자신이 될 것이라는 것이 퍼거슨의 한마디 물음에 모두 담겨 있는 듯했다.

민우의 계약에 앞서 현재의 팀 사정이 그것을 말해주고 있었기 때문이다.

중견수 포지션의 유망주들의 부진한 성장과 부상의 연속.

다저스의 마이너리그의 중견수 팜은 몇 년째 흉년을 겪고 있다라는 표현이 적절한 정도로 그 상황이 좋지 않은 상태였다.

그중에서 그나마 성장 가능성이 있던 로빈슨마저 햄스트링 부상이 가볍지 않은 상태를 보이고 있었다.

여기에 다저스의 외야 라인에서 맹활약을 하던 프랜차이즈 스타인 중견수 켐프는 올 시즌 2할대 타율을 기록하며 부진의 늪에 빠져 있는 상태였다.

우익수 이디어가 그나마 활약을 해주고 있지만, 좌익수인 매니가 나이와 부상으로 인해 풀타임 외야수로 경기를 뛰는 것이 힘든 상황이었다.

이런 외야 사정상 다저스는 부족한 외야 자원을 메우기 위해 베테랑 선수인 렙코, 존슨 등과 단기 계약을 맺으며 한숨을 돌리는가 싶었다.

하지만 50만 달러를 받은 렙코는 시즌 초에 방출, 그보다 더 많은 금액을 받은 존슨도 부진으로 그다지 좋은 활약을 보이지 못했다.

다저스의 외야진을 한마디로 요약하면 총체적 난국이었다.

계속된 베테랑 선수 영입의 실패로 콜레티에 대한 좋지 않은 평판이 계속 축적되고 있었다.

그러한 와중에 눈에 띄는 선수는 강민우 하나뿐이었다.

하이 싱글A에 합류한지 단 한 달 만에 3할도 아닌 4할 중반의 타율에 빠른 발을 바탕으로 한 넓은 수비 범위, 두 자릿수 홈런을 기록할 정도로 강한 펀치력을 보여주었다.

5툴 플레이어의 면모를 뽐내는 민우에게 콜레티 역시 자연스레 시선이 돌아가고 있었다.

하이 싱글A에서의 검증이 끝난 이상 당장에라도 더블A로 콜 업을 해서 차세대 외야 자원으로 키울 생각을 하고 있던 찰나였다.

'중간에 불청객이 끼지만 않았어도… 아니 조금이라도 빨리 재계약을 맺었더라면… 아니, 아니야. 애초에 계약서를 제대로

만 작성했더라면 이렇게 심각하게 고민하고 있지도 않았겠지.'

귀신같이 냄새를 맡은 보라스 코퍼레이션이 선수를 쳐 민우와 에이전트 계약을 맺어버리는 바람에 콜레티는 낙동강 오리알 신세가 되어 손가락만 빨고 있는 상황이었다.

콜레티는 맞은편에 다소곳이 앉아서 자신을 바라보고 있는 퍼거슨의 눈빛이 자신의 속을 들여다보는 듯한 느낌마저 들자 힘이 쭉 빠지는 기분이었다.

'왜 계약서에 승격 시 재계약 조항을 넣어가지고… 이런 후환을 만들었을까. 후우.'

애초에 민우의 계약은 상당히 특이한 경우라고 할 수 있었다.

민우와 같이 특이한 경우를 제외하면 해외 출신의 순수 FA들은 보통 7년 계약을 맺는 것이 대부분이었다.

하지만 민우는 선수 경력의 공백이 길고 한국에서 선수 생활을 제대로 한 적이 없었다.

그럼에도 그 가능성만을 보고 계약을 맺은 것이었기에 낮은 계약금을 주고 2년짜리 계약을 맺고, 이후 승격 시 제대로 된 계약을 맺을 생각이었던 것이다.

'섣부른 판단이 부메랑이 되어 날아왔구나.'

하지만 후회하기에는 이미 늦었다는 것을 알고 있었다.

지나간 일은 잊어버리고 눈앞에 앉아 있는 퍼거슨과의 협상에서 지켜낼 것은 지켜내야 했다.

콜레티는 조금이라도 유리한 고지를 점령하기 위해 민우의 가치를 최대한 낮출 생각이었다.

'아무리 4할을 치는 선수라고 해도, 하이 싱글A야. 메이저리그에서 통할지는 미지수니까.'

"흠. 글쎄요. 무슨 말씀을 하시는지 잘 모르겠습니다만."

콜레티의 능청스런 모습에 퍼거슨의 미소가 더욱 짙어졌다.

"분명 계약서에는 이렇게 적혀 있습니다. 상위 리그로 승격 시 기존 계약 말소 후 신규 계약을 맺는다고 말이죠."

"예, 그건 저도 기억합니다. 하지만 그건 말 그대로 상위 리그로의 승격을 할 때의 이야기이지, 지금은 이야기할 필요가 없지 않습니까?"

콜레티는 여전히 민우에게 그다지 관심이 없다는 듯이 시큰둥하게 이야기를 하고 있었다.

그 모습에 퍼거슨이 속으로 한심하다는 표정을 지어 보였다.

'쓸 만한 외야 자원을 장기 계약으로 데려오든가, 아니면 이런 유망한 선수를 다른 팀에서 데려가기 전에 붙잡아 키울 생각을 해야지. 허구한 날 끝물인 선수들한테 단기 계약으로 돈을 펑펑 쓰면서 구멍을 대충 메울 생각만 하니 결국 이렇게 탈이 나게 된다는 걸 모르는 건가.'

퍼거슨은 속마음과 달리 겉으로는 영업용 미소를 선보이며 콜레티를 바라봤다.

"당장 채터누가의 외야에 수혈이 시급한 상황이지 않습니까? 로빈슨의 상태가 그리 좋지 않다는 소문도 익히 퍼져 있던데요."

"외야수가 로빈슨만 있는 것은 아닙니다."

"하지만 로빈슨만 한 선수는 아무도 없죠. 그렇지 않습니까?"

"크흠."

외야 유망주 팜의 상태를 그 누구보다 잘 아는 콜레티였기에 퍼거슨의 정곡을 찌르는 말에 결국 신음을 내뱉고 말았다.

그 모습에 퍼거슨의 미소가 더욱 짙어졌다.

"반면 강민우는 이미 하이 싱글A의 수준을 넘어섰다는 것을 증명하고 있죠. 냉정하게 보아도 진즉에 더블A로 올라갔어야 할 선수라고 생각합니다. 강민우야말로 지금의 채터누가의 외야 공백을 메워줄 최적의 선수이며, 앞으로 다저스의 센터필드를 책임질 최고의 유망주라고 할 수 있습니다."

퍼거슨의 호언장담에 콜레티가 헛웃음을 보였다.

"허, 미스 퍼거슨. 메이저리그는 너무 앞서나가는 것 아닙니까? 그리고 다저스에는 엄연히 켐프라는 걸출한 선수가 중견수를 맡고 있습니다."

콜레티의 입에서 켐프의 이름이 나오자 퍼거슨은 이미 예상했다는 듯 말을 술술 이어나갔다.

"작년까지는 걸출했지요. 하지만 올해는 어떻습니까? 그 성장세가 한풀 꺾였지요. 작년에 받았던 골드 글러브가 무색하게 수비에서도 조금씩 불안한 모습을 보이고 있고, 베이스 러닝에서도 본헤드 플레이가 종종 나오고 있으니 말입니다. 장점이라고 할 수 있는 공격력마저 올해는 뒷걸음질을 치고 있지요."

"켐프는 아직 27살입니다. 얼마든지 다시 반등의 계기를 만들 수 있는 나이이지요."

"예, 하지만 준비는 하셔야지요. 만약 내년에도 같은 모습을 보인다면 어떻게 하실 건가요? 렙코와 존슨의 경우를 생각해보세요."

퍼거슨의 정곡을 찌르는 말에 콜레티가 아픈 기억이 떠오른 듯 미간을 찌푸렸다.

"시선을 조금만 돌려보세요. 강민우는 이제 겨우 23살입니다. 성장 가능성이라면 27살의 켐프보다 23살의 강민우가 더 가능성이 있지요."

"그래 봐야 이제 갓 하이 싱글A에 합류한 루키라는 것은 변함이 없지요. 미스 퍼거슨은 강민우가 더블A에서도 그 활약을 이어가리라고 장담할 수 있습니까?"

콜레티의 물음에 퍼거슨이 가볍게 고개를 끄덕였다.

"물론입니다. 단장님도 알고 계시겠지만 강민우에게는 남들과는 다른 한 가지가 더 있으니까요."

손가락을 하나 들어 보이며 묻는 퍼거슨의 모습에 콜레티가 이해가 되지 않는 듯한 표정을 지어 보였다.

"무엇이 말입니까?"

"강민우는 야구를 10년이나 쉬었다는 사실 말입니다."

민우가 10년이라는 긴 공백이 있다는 것은 이미 머릿속에 들어 있던 사실이었다.

하지만 퍼거슨이 10년의 공백과 그 가능성이라는 포인트를 붙여 자신에게 이야기를 하자 와 닿는 느낌이 달라졌다.

평생을 야구에 몸담고 고교 야구에서 4할을 치며 100만 달러 이상의 계약금을 받았던 선수들도 싱글A의 벽을 넘지 못하고 사그라지는 경우가 수두룩했다.

그런데 강민우는 하이 싱글A에서 4할 타율을 때려내고 있었다.

콜레티의 머리가 빠르게 돌아가기 시작했다.

'야구를 다시 시작한 지 1년도 안 됐는데 한 달 만에 하이 싱글A를 초토화시키고 벌써 더블A를 노리고 있어. 거기에 현재 가장 문제가 심각한 외야 포지션이란 점도 매력적이고. 어쩌면 퍼거슨의 말처럼 메이저리그에 안착할 가능성도 충분하다. 만약 야구를 쉬지 않았더라면…… . 후우, 이건 절대 놓쳐서는 안 돼.'

다저스의 외야 유망주 팜은 초토화 상태였고, 민우의 등장은 너무나도 시기적절했다.

콜레티에게 내밀어진 패는 너무나도 유혹적이었다.

최선을 다해 관심 없는 척을 하던 콜레티는 퍼거슨의 카운터펀치에 결국 두 손을 들고 말았다.

"휴, 내가 졌습니다. 그래서 강민우에게 얼마를 줘야 합니까? 참고로 제가 쓸 수 있는 금액은 그리 많지 않다는 점을 알아두어야 할 겁니다."

'노장 선수들과 맺는 계약만 봐도 가용 금액이 충분하다는 건 알 수 있는데.'

콜레티의 항복 선언에 퍼거슨이 한결 편안한 표정을 지어 보였다.

"그 전에, 한 가지 제안을 하고 싶습니다."

액수를 말하는 대신 다른 제안을 하겠다는 이야기에 콜레티의 미간에 살짝 주름이 잡혔다.

"무슨 제안입니까?"

"강민우 선수와 스플릿 계약을 맺는 것입니다."

퍼거슨의 입에서 나온 스플릿 계약이라는 말에 콜레티의 표정이 굳어졌다.

스플릿 계약은 마이너리거의 신분일 때와 메이저리거 신분일 때의 조건을 다르게 하여 계약하는 것을 말한다.

예를 들어 마이너리거 신분이던 선수가 메이저리그로 승격을 하게 되면 메이저리그 최저 연봉을 출장 일수에 따라 일할 계산하여 받을 수 있게 된다.

그리고 한 번 메이저리그에 올린 선수는 40인 로스터에 포함되게 되는데 해당 선수를 다시 마이너리그로 내려 보내려면 마이너리그 옵션이 소진되고 이 옵션은 총 3번 사용할 수 있다.

그리고 40인 로스터 밖으로 추방을 하려면 지명 할당 이후 웨이버 공시로 이어지는 등의 과정이 발생하게 된다.

퍼거슨의 제안은 한마디로 민우가 마이너리그급 선수가 아닌 충분히 메이저리그로 승격할 수 있는 수준의 선수라는 것을 어필하는 것이었다.

"제가 그 제안을 받아들여야 하는 이유라도 있습니까?"

"스플릿 계약이라는 건, 메이저리그에 올리지만 않는다면 구단으로서도 손해가 없으니 말입니다. 후에 더블A에서 강민우가 대활약을 한다면 그때 메이저리그에 올려서 외야 자원으로 활용하면 되고 말입니다. 상당히 괜찮은 제안이지 않습니까?"

퍼거슨의 말에는 분명 일리가 있었다.

하지만 에이전트는 구단에게서 최대한의 이득을 얻어가려고 하는 이들이다.

그것을 잘 알기에 혹시나 자신이 잡아내지 못한 부분이 있을까 싶어 콜레티는 쉽게 결정을 내리지 못하고 있었다.

그 모습에 퍼거슨이 하나의 떡밥을 더 뿌렸다.

"단장님. 아시겠지만 강민우의 계약 기간은 고작 2년닙니다. 다저스 산하로 소속되어 있는 것은 내년 시즌이 마지막이라는 말이죠."

퍼거슨이 나직이 들려주는 이야기에 콜레티의 머리가 더더욱 복잡해져 갔다.

'후, 역시나. 섣불리 생각하고 맺은 2년 계약이 발목을 잡는구나.'

고뇌에 찬 콜레티를 향해 퍼거슨이 마지막 쐐기를 박았다.

"다저스 팜에서 강민우보다 나은 선수는 없다고 확신할 수 있습니다. 여기서 단장님이 강민우 선수를 잡지 않는다면 다저스는 외야진을 채우기 위해 또다시 도박을 이어가야 할 겁니다. 그리고 추후에 다른 팀에서 다저스를 상대로 맹타를 휘두르는 한 선수를 보게 될지도 모릅니다."

퍼거슨은 그 말을 끝으로 입을 다문 채 콜레티를 바라봤다.

'고민이 되겠지. 놓아주자니 아깝고, 잡자니 확실히 검증이 되지 않았고. 하지만 거절할 순 없을 거야. 문제는 계약금과 연봉이겠지. 계약금은 100만 달러가 한계일 거야. 그 이상의 금액이면 콜레티는 검증된 노장 선수를 영입하는 것을 선호할 테니까.'

잠시 고뇌하는 듯하던 콜레티가 천천히 고개를 들어 퍼거슨을 바라봤다.

"좋습니다. 그 제안을 받아들이지요."

기다렸던 대답이 들려오자 퍼거슨의 입가에 미소가 피어

났다.

"좋은 판단이십니다. 그럼 이제 세부 내용에 대해 논의해야 겠군요. 연봉은 당연히 최저 연봉이겠지만, 옵션과 계약금에 대해서는 조율이 좀 필요하겠네요."

"후, 그래서 제가 얼마를 제시해야 적당한 금액입니까?"

"1라운드 유망주 수준의 계약금은 주셔야 하지 않겠습니 까?"

퍼거슨의 당돌한 요구에 콜레티는 황당하다는 듯한 웃음 을 보였다.

"1라운드요? 허허허. 미스 퍼거슨, 너무 과하다는 생각이 들 지 않습니까? 그 금액이면 당장 FA로 풀린 베테랑 외야수를 영입할 수 있는 금액입니다."

콜레티의 반응에 퍼거슨은 별다른 표정 변화 없이 나긋나 긋하면서도 힘 있게 말을 이어갔다.

"옳은 말씀입니다. 하지만 1년짜리 계약이겠지요. 그럼 그 뒤에는 어떻게 하실 겁니까? 또 다른 베테랑에게 다시 그만한 금액을 투자하실 생각이십니까?"

퍼거슨의 물음에 콜레티의 고민이 다시금 깊어졌다.

콜레티가 올해 백업 외야수를 영입하는 데 쓴 돈만 250만 달러가 넘어갔다.

그리고 그 영입은 실패로 끝나가고 있는 상황이기도 했다.

250만 달러가 허공으로 날아간 것이다.

베테랑 선수의 부진, 유망주 팜의 더딘 성장, 무분별한 노장 영입으로 인한 팬들이 원성.

여러 가지 악조건들이 콜레티를 고뇌하게 만들었다.

약간의 시간이 흐른 뒤, 콜레티의 입이 천천히 열렸다.

"100만 달러. 이 이상은 불가합니다."

'호오.'

단 한 번 만에 만족스러운 대답이 나왔지만 퍼거슨은 약간 불만스럽다는 기색을 내비쳤다.

"다른 팀으로 간다면 충분히 150만 달러는 받을 수 있는 선수입니다. 단장님도 잘 아실 텐데요?"

퍼거슨의 말에 인상을 찌푸린 콜레티가 한숨을 푹 내쉬고는 하나의 조건을 덧붙였다.

"더블A에서 지금과 같은 활약을 보인다면 9월 로스터 확장 때 40인 로스터에 넣어주도록 하겠습니다. 하지만 이 조건을 거부하고 더 큰 금액을 요구한다면, 강민우 선수는 승격은커녕 내년까지 싱글A에서 뛰어야 할 겁니다."

'이거 생각지도 못한 수확인데?'

콜레티의 경고에 퍼거슨이 웃는 낯으로 고개를 끄덕였다.

"좋습니다. 그런데, 지금과 같은 활약이 구체적으로 어떤 수준을 말씀하시는 겁니까?"

"로스터 확장 전까지 타율 3할 7푼, 출루율 4할 2푼, 경기당 홈런 0.3개. 이정도 활약을 해준다면 트리플A를 거치지 않고 바로 9월 40인 로스터에 합류시키겠습니다."

콜레티가 내건 조건은 웬만한 선수는 쉬이 달성하기 어려워 보였다.

하지만 그 조건에도 퍼거슨은 만족한다는 듯 고개를 끄덕였다.

'강민우 선수라면, 충분히 가능할 거야. 그 정도도 안 되는 선수였다면 사장님이 관심을 가지지도 않았을 테니.'

"알겠습니다. 그럼 계약금은 100만 달러로 하고, 몇 가지 옵션을 붙이는 건 어떻습니까?"

100만 달러라는 거액으로 합의를 마치고 한숨을 내뱉던 콜레티는 퍼거슨의 입에서 옵션이라는 말까지 나오자 황당한 듯 헛웃음을 보였다.

"옵션이요? 허허. 계약금에 40인 로스터라는 조건으로도 충분해 보이는데, 옵션까지 요구하는 겁니까? 이거 미스 퍼거슨이 욕심이 너무 많은 것 같습니다."

퍼거슨은 콜레티의 욕심이라는 말에 웃는 낯을 보이며 가볍게 말을 이었다.

"그렇게 보일 수도 있겠네요. 하지만 계약금과는 달리 옵션이라는 건 그렇게 간단히 달성할 수 있는 것이 아니잖습니까? 예를 들어서 골드 글러브라도 받는다면 팀 입장에서도 절대로 나쁜 일이 아니기도 하구요. 애초에 메이저리그에 올라가지 못하면 달성할 수도 없는 조건이기도 하죠. 가볍게 서비스 정도로 생각해 주셨으면 좋겠네요."

콜레티는 해탈한 표정으로 그 정도는 문제가 되지 않는다는 듯 고개를 끄덕여 보였다.

"서비스라. 하하. 재미있는 표현이군요. 좋습니다! 어디 어떤 옵션을 원하는지 한 번 이야기해 보시죠."

퍼거슨은 기다렸다는 듯 원하는 옵션을 털어놓기 시작했다.

─올스타 선정: 50만 달러.

─타격왕: 50만 달러.

─타점왕: 50만 달러.

─홈런왕: 100만 달러.

─실버슬러거: 100만 달러.

─골드글러브: 100만 달러.

─신인왕: 50만 달러.

─리그 MVP: 100만 달러.

퍼거슨이 내민 옵션을 본 콜레티의 표정이 우스꽝스럽게 변했다.

"허허. 오늘 절 여러 번 놀라게 만드시는군요. 정말 강민우가 저 타이틀을 받을 수 있으리라고 생각합니까?"

콜레티의 황당하다는 듯한 물음에 퍼거슨은 예의 미소를

보이며 대답했다.

"그거야 앞으로 지켜보면 알 수 있지 않을까요?"

"하하하. 정말 당돌하군요. 좋습니다. 저 옵션을 달성한다는 것 자체가 이미 1,000만 달러의 가치를 지닌 선수라는 말이니! 좋습니다. 서비스 드리지요."

"탁월한 판단입니다. 그럼 이제, 계약서를 작성하면서 다시 확인해 보죠."

수없이 오고가던 대화 끝에 양 측이 합의점을 찾자, 이후 이야기는 수월하게 풀려 나갔다.

이후 몇 가지 세부 사항을 더 조율한 끝에 민우의 새 계약서가 작성되었다.

"그럼, 결정이 되는대로 다시 연락을 드리겠습니다."

퍼거슨이 마지막 인사를 하고 단장실을 빠져나갔다.

끼이익!

"후우."

피곤함이 몰려온 듯 의자에 몸을 파묻은 콜레티가 진한 한숨을 내뱉었다.

'너무 많은 것을 퍼준 느낌인데… 과연 강민우가 기대만큼의 성장을 보일 수 있을까?'

잠시 미래를 내다보는 듯 콜레티의 눈동자가 초점을 잃었다.

'성공만 한다면, 서비스 타임 동안은 외야엔 걱정이 없을 거

야. 부디 오늘의 선택이 옳기를 바라야겠군.'

이내 허리를 펴고 바르게 앉은 콜레티가 책상에 널려 있던 서류를 다시 뒤적거리기 시작했다.

*　　　*　　　*

경기가 끝난 뒤, 홈구장의 라커룸에 오랜만에 활기가 넘치기 시작했다.

선수들은 삼삼오오 모여 자신의 장비를 정비하며 열심히 수다를 떨고 있었다.

"와하하! 메버릭스 포수 걸어가는 거 봤냐? 1회에 한 방 맞은 게 충격이 컸나봐. 완전 엉거주춤이던데."

실베리오는 중요 부위에 공을 맞았던 메버릭스 포수의 모습이 생각난 듯 배를 쥐어 잡고 웃음을 터뜨렸다.

그러자 옆에 앉아 있던 해치도 그 모습이 떠올랐는지 피식거리기 시작했다.

"헨리케즈 그 자식! 타석에 들어설 때마다 무슨 입을 그렇게 털어대는지 언제 한 대 쥐어박을 생각이었는데, 민우가 제대로 한 방을 먹여줬지. 크크. 어휴, 꼬시다!"

"그것뿐이야? 심판한테도 제대로 한 방 먹였잖아. 몸이 아주 휘청거리던데. 정신 좀 차렸으려나 몰라. 오구오구! 우리 민우가 참 잘했어요~"

실베리오가 말을 꺼낸 뒤, 민우의 머리를 쓰다듬으며 장난스럽게 칭찬하는 흉내를 냈다.

잠시 그 행동을 받아주던 민우가 실베리오의 목을 휙 하고 감아 조르기 시작했다.

"너도 한 대 맞고 싶냐~"

"억, 컥. 아뇨! 아닙니다!"

목을 졸린 실베리오가 팔을 탁탁 치면서 항복을 선언하자 민우가 피식 웃으며 목을 풀어주었다.

"어휴. 이러다 사람 한 명 잡겠네, 잡겠어."

그렇게 선수들이 상대 포수를 씹고 장난을 치고 있을 때, 같은 포수 포지션인 델모니코의 표정은 그리 밝아 보이지 않았다.

"어휴. 그래도 같은 남자로서 그렇게 고소해하지들 마라. 너희가 거기에 한 번 맞아보면 절대로! 그런 소리는 안 나올 거다. 그건 아픈 수준을 뛰어 넘어서 그냥 한 남자를 불구로 만들 뻔한 거야. 대가 끊어질 뻔한 거지! 어휴~ 내가 다 아프다, 아파!"

델모니코의 하소연 아닌 하소연에 잠시 멍한 표정을 지어 보인 실베리오와 해치가 동시에 웃음을 터뜨렸다.

"푸하하핫!"

"크하학. 아이고. 델모니코랑 헨리케즈는 동병상련의 처지구나."

"걱정하지 마. 너랑 나는 아직 같은 팀이니까. 후후후."

민우의 장난스러운 말에 동료들의 웃음소리가 더욱 커졌다.

그런 동료들을 지켜보던 민우가 자리에서 천천히 일어났다.

"수다들 더 떨어라. 나 먼저 올라갈게."

민우가 그렇게 자리를 빠져나가려고 하자 실베리오가 팔을 붙잡았다.

"뭐여. 어딜 먼저 가? 밥은 먹으러 가야지."

"그래. 오늘 제대로 두 방이나 날렸는데, 밥 쏴라!"

"밥 쏴라! 밥 쏴라!"

그렇게 동료들이 민우를 붙잡고 놓아주지 않고 있을 때.

"밥은 제가 사드릴 테니, 강민우 선수를 잠시 모셔가도 될까요?"

라커룸에서 한 번도 들린 적이 없던 나긋나긋한 목소리가 들려왔다.

사내들의 거친 목소리가 아닌 여성 특유의 부드러운 목소리가 들려오자 민우를 잡고 있던 실베리오를 시작으로 라커룸의 모든 선수가 일순 동작을 멈췄다.

동시에 고개를 돌려 라커룸의 출입문을 바라보니 금발의 머리를 동그랗게 말아 올린 한 여성이 자리를 잡고 서 있었다.

그리고 그 옆에는 여성을 안내해 준 듯, 갤러거가 어색한 미소를 띤 채 선수들과 퍼거슨을 번갈아 바라보고 있었다.

"퍼거슨?"

민우가 자신을 바라보자 퍼거슨이 방긋 웃음을 보였다.

그러자 주변에 있던 선수들이 모두 헤벌쭉한 표정을 지어 보였고, 일부는 민우를 향해 질투의 시선을 날리기 시작했다.

험악한 시선이 느껴지자 민우가 급히 퍼거슨에게로 발걸음을 옮기려 했다.

'응?'

민우는 누군가 자신의 팔을 잡고 놓지 않는 것이 느껴지자 고개를 돌려 보았다.

여전히 민우의 팔에 매달려 있던 실베리오는 민우와 같이 가고 싶다는 듯 간절한 눈빛을 보내고 있었다.

"아하하하."

민우가 난처한 웃음을 보이며 실베리오가 잡은 손의 반대쪽 주먹을 살며시 들어 올렸다.

그 모습에 깜짝 놀란 실베리오가 잡았던 손을 휙 하고 놓으며 머리를 감싸 쥐었다.

"으으. 잔인한 놈! 매정한 놈!"

실베리오의 한탄 섞인 목소리에 민우가 피식 웃음을 보이며 곧 퍼거슨과 라커룸을 빠져나갔다.

그 모습을 멍하니 바라보던 갤러거가 실베리오에게 다가오며 입을 열었다.

"저 둘이 설마 사귀는 건 아니겠지?"

"뭔 소리야! 저 여신이 뭐가 아쉬워서 민우랑 사겨!"

실베리오가 발끈하며 내뱉는 외침에 선수들이 묘한 표정으로 실베리오를 바라보기 시작했다.

"왜? 민우 정도면 잘 생겼지, 몸 좋지, 착하지. 어디 빠지는 데가 없잖아?"

"실베리오. 너 설마 질투하는 거야?"

예상치 못한 선수들의 장난스러운 반응에 실베리오가 멍한 표정을 짓다가 말없이 한숨을 푹 내쉬었다.

그 모습에 선수들이 웃음을 터뜨리며 그런 실베리오의 어깨를 토닥거려 주었다.

*　　*　　*

"오늘 경기 잘 봤어요. 아주 멋진 홈런을 2개나 때려냈더군요. 축하해요."

카페테리아에 마주 앉은 퍼거슨이 칭찬과 함께 민우를 바라보며 미소를 보였다.

그 미소에 잠시 멍한 표정을 짓던 민우가 고개를 끄덕였다.

"하하. 운이 좋았다고 생각합니다."

민우의 겸손한 태도에 퍼거슨이 다시 한 번 민우를 치켜세우며 분위기를 띄웠다.

"운이라뇨. 엄연히 실력이 있으니 때려낸 거죠."

"그렇게 말씀해 주시니 고맙네요. 그런데 오늘은 무슨 일로 오신 건가요?"

민우의 물음에 퍼거슨이 가방에서 노란 서류 봉투 하나를 꺼내 민우에게 내밀었다.

"오늘 LA다저스의 단장, 콜레티와 만남을 가졌습니다. 그리고 그 봉투 안에 새로운 계약서가 담겨 있고요."

그 말에 민우가 눈을 동그랗게 뜨며 놀란 표정을 지었다.

"새로운 계약서라뇨? 그렇다면……."

민우가 말을 잇지 못하자 퍼거슨이 고개를 끄덕이며 민우의 추측이 사실임을 알려주었다.

"예. 강민우 선수는 이제 더블A로 올라가게 되었어요."

안 그래도 크게 떠져 있던 민우의 눈이 퍼거슨의 말을 듣자 빠질 듯이 더욱 커졌다.

민우의 반응에 퍼거슨이 뿌듯한 표정으로 말을 이었다.

"일단 한 번 확인해 보세요. 분명 강민우 선수가 만족할 만한 계약일 거예요."

"예, 예."

민우는 얼떨떨한 표정을 지은 채 천천히 서류 봉투의 봉인을 뜯었다.

지이익!

계약서를 꺼내 테이블에 내려놓은 민우가 심호흡을 한 번 하고는 천천히 그 내용을 살펴보기 시작했다.

그리고 계약서의 내용을 읽어 내려갈수록 민우의 입은 점점 벌어지기 시작했다.

—LA다저스 메이저리그+마이너리그(더블A) 스플릿 계약.

—계약금 100만 달러(한화 약 11억 5,000만 원).

　메이저리그 승격 시 메이저리그 최저 연봉 일할 적용.

　마이너리그 더블A 잔류 시 월봉 2150달러(한화 약 255만 원).

—계약 기간 6년.

—10시즌 더블A에서 8월 31일까지 타율 3할 7푼, 출루율 4할 2푼, 경기당 홈런 0.3개를 기록할 시, 9월 로스터 확장 시 40인 로스터에 합류.

—옵션 사항

　올스타 선정: 50만 달러.

　타격왕: 50만 달러.

　타점왕: 50만 달러.

　홈런왕: 100만 달러.

　실버슬러거: 100만 달러.

　골드글러브: 100만 달러.

　신인왕: 50만 달러.

　리그 MVP: 100만 달러.

　계약 3년 40인 로스터 제외 시 FA(옵트 아웃) 선언.

더블A 계약이겠거니 생각하고 꺼낸 계약서에는 전혀 예상 치 못한 내용들이 담겨 있었다.

첫 줄부터 너무나도 놀라웠다.

생각지도 못한 스플릿 계약에 계약금은 무려 100만 달러. 민우로서는 꿈도 꿔보지 못한 금액이었다.

'한국에서 처음 제안을 받았던 계약만 해도 놀라웠는데… 100만 달러라니.'

계약금을 지나 밑으로 내려갈수록 계속해서 놀라운 내용 들이 나오자 민우의 표정은 점점 얼떨떨하게 바뀌어갔다.

"허……."

너무나도 놀라운 계약서의 내용은 민우에게 현실로 와 닿 지 않는 듯했다.

'설마 꿈은 아니겠지?'

민우가 멍하니 계약서를 보고 있는 모습을 바라보던 퍼거 슨이 갑자기 자리에서 일어났다.

테이블을 돌아 민우에게 다가온 퍼거슨이 그 옆자리에 의 자를 끌어다 붙이며 앉았다.

예상치 못한 퍼거슨의 행동에 깜짝 놀란 민우의 몸이 순간 경직됐다.

'헉.'

그 사실을 모르는 퍼거슨은 민우의 옆에 바싹 붙더니 계약 서의 내용을 하나하나 설명해 주기 시작했다.

스플릿 계약의 설명을 시작으로 연봉은 어떻게 된 거며, 옵션은 어떤 거며…….

10여 분에 걸친 설명을 모두 마친 퍼거슨이 고개를 돌려 민우를 바라봤다.

민우가 멍한 표정을 지으며 자신을 바라보자 퍼거슨이 옅은 미소를 지어 보였다.

"메이저리그 연봉이 조금 아쉽죠? 하지만 정말 특수한 경우를 제외하고는 어떤 선수라도 서비스 타임 3년간은 최저 연봉을 받는 게 보통이에요. 하지만 3년 동안 맹활약을 해준다면 4년 차부터는 연봉 조정 협상이 가능하고, 특이 케이스로 구단에서 미리 고액의 연장 계약을 제시할 때도 있어요."

퍼거슨은 민우의 표정을 오해하고 있는 듯했다.

'하하하……. 저는 굉장히 만족스러운데요.'

퍼거슨의 푸른 눈을 바라보던 민우가 이내 어색한 웃음을 지어 보였다.

"아하하. 아직 메이저리그는 먼 이야기 아닌가요?"

민우의 반응에 퍼거슨이 고개를 끄덕이며 눈을 빛냈다.

"예. 중요한 건 바로 그거예요. 지금은 더블A 선수 신분이라는 것! 그래서 강민우 선수가 더블A에서 어떤 활약을 하느냐가 중요해요."

중요한 사항을 말하려는 듯 퍼거슨이 말을 멈추곤 계약서의 한 부분을 가리켰다.

"여기 이 부분 보셨죠? 9월까지 커트라인을 넘기는 활약을 한다면 강민우 선수에게 메이저리그는 꿈이 아니라 현실이 되는 거예요."

'꿈이 아니라 현실이라……'

민우는 다저스의 유니폼을 입은 자신의 모습을 상상해 보았다.

새하얀 유니폼에 다저스 특유의 파란색 헬멧을 쓴 채 타석에 들어서 투수를 노려보고, 따악! 멀리 뻗어나가는 타구를 바라보며 천천히 다이아몬드를 도는 모습.

그 모습을 상상하자 심장박동이 빨라지는 것이 느껴졌다.

민우의 얼굴에 은은한 미소가 퍼지는 것을 본 퍼거슨도 만족스러운 미소를 지어 보였다.

'저렇게 좋아하는 모습을 보니, 고생한 보람이 있네. 후훗.'

"그럼, 강민우 선수는 이 조건에 계약하는 것에 동의하시는 거죠?"

퍼거슨의 물음에 민우가 퍼뜩 정신을 차리고는 웃음을 보이며 고개를 끄덕였다.

"예. 아주 만족스럽습니다. 이런 좋은 계약을 따느라 정말 수고하셨습니다."

"뭘요. 어차피 공짜도 아닌걸요. 강민우 선수가 하루라도 빨리 메이저리거가 되는 게 저에게도 좋은 일이니까요."

퍼거슨의 말에 민우는 5%의 수수료를 떠올리고는 어색한 웃음을 짓고 말았다.

"아하하하."

"그럼 결정하신대로 바로 다저스와 계약하는 방향으로 가겠습니다. 오늘 떠날 준비를 다 해놓으셔야 할 거예요. 채터누가까지 가는 길이 조금 멀거든요. 그래서… 아마 오늘이 강민우 선수가 식스티 식서스 소속으로 있는 마지막 날이 될 거예요."

퍼거슨의 이야기에 민우의 뇌리에 식스티 식서스 동료들의 얼굴이 하나씩 떠오르며 그동안 있었던 일들이 주마등처럼 스쳐 지나갔다.

그리고 그들을 떠나 새로운 곳으로 향해야 한다는 것이 못내 아쉬움이 느껴졌다.

"아쉬운가요?"

민우의 표정에 아쉬움이 드러났는지 퍼거슨이 물어왔다.

그 물음에 민우가 애써 고개를 저었다.

'아쉬움에 얽매여서는 앞으로 더 나아갈 수 없으니까. 연락이라면 언제든지 가능하기도 하고. 인사는 미리 해둬야겠지.'

"예, 아쉽습니다. 그렇다고 여기 계속 남아 있을 수는 없지 않습니까. 하루라도 빨리 메이저리그에 올라가야지요. 그리고 자랑스럽게 동료들에게 자랑히러 오겠습니다."

민우의 다짐에 퍼거슨이 진한 미소를 보였다.

"좋은 자세예요. 그 마음가짐으로 더블A를 한 번에 뛰어넘고 9월엔 꼭 메이저리그에서 뛰길 바랄게요."

퍼거슨은 그 말과 함께 손을 내밀었다.

잠시 그 손을 바라보던 민우도 손을 내밀어 맞잡고 흔들었다.

『메이저리거』 5권에 계속…

초대형 24시 만화방

신간 100%, 샤워실, 흡연실, 수면실(침대석), 커플석, 세탁기 완비

▪ 강북 노원역점 ▪

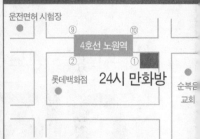

서울 노원구 상계동 340-6 노원역 1번 출구 앞 3층
02) 951-8324 (화용빌딩 3층)

▪ 일산 정발산역점 ▪

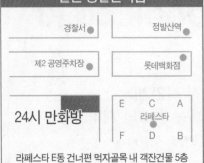

라페스타 E동 건너편 먹자골목 내 객잔건물 5층
031) 914-1957

▪ 일산 화정역점 ▪

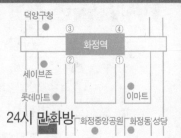

경기도 고양시 덕양구 화정동 984번지 서일빌딩 7층
031) 979-4874 (서일사우나 건물 7층)

▪ 부천 역곡역점 ▪

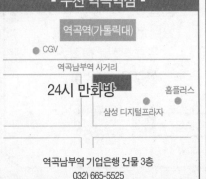

역곡남부역 기업은행 건물 3층
032) 665-5525

▪ 부평역점 ▪

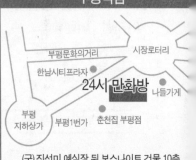

(구)진선미 예식장 뒤 보스나이트 건물 10층
032) 522-2871

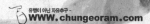

탁목조 장편 소설

천공기

탁목조 작가가 펼쳐 내는 또 하나의 이야기!

『천공기』

최초이자 최강의 천공기사였던 형.
형은 위대한 업적을 이룬 전설이었다.
하지만 음모로 인해 행방불명되는데……

"형이 실종되었다고
내게서 형의 모든 것을 빼앗아 가?"

스물두 살 생일,
행방불명된 형이 보낸 선물, 천공기.
그리고 하나씩 밝혀지는 진실들.

천공기사 진세현이 만들어가는 전설이 시작된다!

Book Publishing CHUNGEORAM

유행이 아닌 자유추구 -
WWW.chungeoram.com

네르가시아 장편소설
FUSION FANTASTIC STORY

도시 무왕 연대기

글로벌 기업의 후계자 김태하.
탄탄대로를 걷던 그에게 거대한 음모가 덮쳐 온다!

『도시 무왕 연대기』

가장 믿고 있었던 친척의 배신,
그가 탄 비행기는 추락하고 만다.

혹한의 땅에서 기적같이 살아나
기연을 만나게 되는데……

**모든 것을 잃은 남자,
김태하의 화끈한 복수극이 시작된다!**

Book Publishing CHUNGEORAM

유행이 아닌 자유추구 -
WWW. chungeoram.com

FUSION FANTASTIC STORY

말리브해적 장편소설

MLB
메이저리그

Book Publishing CHUNGEORAM

유행이 아닌 자유추구-
WWW. chungeoram.com

이경영 판타지 장편소설

FANTASY FRONTIER SPIRIT

그라니트

용들의 땅

GRANITE

사고로 위장된 사건에 의해 동료를 모두 잃고 서로를 만나게 된 '치프'와 '데스디아'.
사건의 이면에 상식을 벗어난 음모가 있음을 알게 된 둘은
동료들의 죽음을 가슴에 새긴 채 각자의 고향으로 돌아간다.
2년 후, 뜻하지 않게 다시 만난 두 사람은 동료들의 복수를 위해
개척용역회사 '그라니트 용역'을 설립해 다시금 그 땅을 찾게 되는데……

용들이 지배하는 땅 그라니트!
그곳에서 펼쳐지는 고대로부터 이어지는 운명적 만남,
깊어지는 오해, 그리고 채워지는 상처.

『가즈 나이트』시리즈 이경영 작가의 미래형 판타지 신작!

Book Publishing CHUNGEORAM

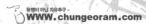

유행이 아닌 자유추구 -
WWW.chungeoram.com

FUSION FANTASTIC STORY

인기영 장편소설

리턴 레이드 헌터

Return Raid Hunter

하늘에 출현한 거대한 여인의 형상······
그것은 멸망의 전조였다.

『리턴 레이드 헌터』

창공을 메운 초거대 외계인들과
세상의 초인들이 격돌하는 그 순간.

인류의 패배와 함께 11년 전으로 회귀한 전율!

과연 그는, 세계의 멸망을 막을 수 있을 것인가.

세계 멸망을 향한 카운트다운 속에서 피어나는
그의 전율스러운 이야기!

Book Publishing CHUNGEORAM